문장의
품격

조선의
문장가에게 배우는
치밀하고 섬세하게
일상을 쓰는 법

문장의
품격

안대회 지음

Humanist

* 일러두기

이 책은 《조선의 명문장가들》에 수록된 문장가 스물세 명 중 시대를 뛰어넘어 지금 우리
에게 유의미한 글쓰기의 모델이 되어줄 일곱 명을 가려 뽑아 새로운 편집으로 선보이는 보
급판이다.

머리말

일상을 담은 문장의 힘

좋은 문장이란 어떤 것일까? 어떤 글을 골라 읽어야 할까? 각종 매체를 통해 날마다 수많은 텍스트가 쏟아져 범람하는 시대, 잘 쓴 문장, 뜻 깊은 글 한 편 멋지게 읽고 싶어도 수많은 텍스트 가 운데 읽어야 할 목록을 추려 감상하기란 생각처럼 쉽지 않다. 《문 장의 품격》은 고전 산문 가운데 깔끔하고 재미있으며 격조 높은 문장을 선별한 일종의 선집이다. 즐겁게 감상하면서도 그 안에 배 움이 있는 작품, 글쓰기에 자극을 줄 수 있는 작품을 골라 담았다.

고전 산문은 대체로 문장을 감상하려는 목적 이전에 생활 속에 서 지어진 문장이다. 그 주된 소재는 거창한 사회문제나 심오한 사상보다는 일상의 시시콜콜한 문제들이며, 나날의 삶에 밀착하 여 생활의 필요에 따라 쓰되 치밀하고 섬세하다. 또한 허황하지 않고 구체적이다. 마치 우리가 일상적으로 소셜네트워크나 블로 그에 게시된 짧은 글을 통해 우리 주변의 소소한 정보나 생활 감정을 읽듯이, 고전 산문에서도 지난날의 생활과 그로부터 우러나온 정서를 생생하게 읽어낼 수 있다.

이 책에 등장하는 허균, 이용휴, 박지원, 이덕무, 박제가, 이옥, 정약용은 지금의 '파워블로거'에 비유할 수 있다. 이들은 이전의 글과 달리 형식적으로는 짧은 길이의 글에 개별적이고 작은 가치, 현실 세계의 구체적 진실을 생생한 언어로 표현했다. 도시 취향의 삶과 의식, 여성과 평민 등 소외 계층의 일상, 담배·음식·화훼 등의 기호품까지 다양한 주제를 가지고 생동하는 삶의 모습을 담았다. 그리고 낡은 사유와 정서 대신 형식에 구애받지 않는 낯설고 새롭고 실험적인 창작을 감행했다. 그 문장의 참신함은 활력을 잃은 고문 중심의 문단에 변화의 파고를 높였다. 그렇기에 이 책에 실린 작품 50여 편 모두가 지금 보더라도 전위적이라고 할 만큼 신선하고 기발하다.

오늘날의 문장과 비교할 때 고전 산문은 문체와 내용과 언어가 크게 다르다. 20세기를 전후로 사회와 어문 생활의 변화가 커진 만큼 문장에서도 차이가 크게 벌어졌기 때문이다. 이 책에 등장하는 과거 생활상이나 사건 들은 평소에 접해보지 않은 정보라 편히 읽히지 않을 수 있지만, 고전 산문이 지닌 위의와 흥미로움을 생각하면 이런 몇 가지 걸림돌은 대수롭지 않다. 오히려 현재와의 많은 차이에도 불구하고 서로 공유하는 가치가 많다는 것을 책을 읽으면서 자연스럽게 알 수 있을 것이다.

.

이 책은 《조선의 명문장가들》을 바탕으로 새롭게 엮었다. 스물세 명의 문장가 가운데 작품의 품격과 참신성, 흥미를 고려하여 일곱 명을 뽑아 대표작을 엮었다. 정수 가운데 정수로서 고전 산문이 지닌 아름다움을 맛보는 데 충분하다. 이 책을 읽고 더 흥미를 느낀 독자는 《조선의 명문장가들》도 읽어보기를 권한다.

2016년 5월 성균관대 퇴계인문관 연구실에서

안대회

차례

3   그 자체로 문체가 된 이름, 박지원

4   문단을 뒤흔든 낯선 문장, 이덕무

7 거장의 따뜻한 시선과 멋, 정약용

1

두려움 없는 저항의 목소리, 허균

허균

허균(許筠, 1569~1618)은 조선 중기를 대표하는 문인의 한 사람이다. 시대를 대표하는 뛰어난 시인이자 산문가로서, 또 최고의 감식안을 소유했다는 평을 받은 비평가로서, 그리고 국문소설 《홍길동전》의 저자로서 그는 조선시대의 대표적 문제 작가로 통한다. 그의 남다른 위상은 여기에 그치지 않는다. 시대적 한계를 탈피한 선각적 사상가였던 그는 시대와 불화를 겪다가 왕조에 반역한 죄목으로 처형당했다. 조선왕조가 사라질 때까지 그의 죄는 신원되지 못했다.

허균은 동인(東人)의 영수인 허엽(許曄)의 막내아들로 태어났다. 자는 단보(端甫), 호는 교산(蛟山) 또는 성성옹(惺惺翁)이다. 그의 형제 허성(許筬)·허봉(許篈)·허난설헌(許蘭雪軒)은 하나같이 문명(文名)을 뽐내던 문사였다. 문과에 장원급제한 수재였던 그는 관료 생활이 평탄치 않아, 파직을 거듭한 끝에 좌참찬으로 그쳤다.

허균은 무엇보다 시인과 비평가로 유명하지만 산문가로도 매우 중요한 위치를 차지한다. 그가 활동한 시기는 산문의 황금기였다. 최립(崔岦)·유몽인(柳夢寅, 1559~1623)·이정귀(李廷龜, 1564~1635)·신흠(申欽, 1566~1628)·장유(張維, 1587~1638)·이식(李植, 1584~1635) 등 쟁쟁한 고문가(古文家)들이 등장하여 산문의 모범을 제시했다. 조선시대를 대표하는 이 고문가들의 이름을 접할 때, 이 시기가 산문사에서 얼마나 중요한지 알 수 있다.

그처럼 산문 창작이 새로운 단계로 진입하는 시기에 허균은 시대적 추세를 무작정 따르기보다는 독자적 방향을 세웠다. 많은 작가가 복고적 사조를 따른 데 반하여, 그는 자신의 개성이 마음껏 드러난 문장의 창작을 시도했다. 명대(明代)의 복고적 사조를 충분히 이해하고 창작에 일부 반영하기도 했지만, 복고적 사조를 비판하며 등장한 공안파(公安派)의 정신을 잘 이해하고 창작에 반영했다. 다양한 사조를 흡수한 그는 독자적 세계를 개척하려는 노력 또한 부단히 기울였다.

허균의 산문은 소품문 취향을 강하게 보인다. 산문 가운데 특히 척독(尺牘)은 전형적인 소품문이다. 그의 척독은 길이가 짧고 정서적이며 유머러스하다. 자유분방한 생활을 담고 있을 뿐만 아니라, 냉소적이고 혁명적인 발언까지도 서슴지 않는다. 그의 척독은 우리 산문사에서 독특한 색채를 드러낸 명작이다.

척독소품이 서정적 예술 산문의 특징을 보여준다면, 중세적 사회현상을 질타하고 사회 개조와 국가 혁신을 주장하는 논설을 거침없이 드러내는 산문 또한 주목할 만하다. 이들 성향의 작품은 허균 산문의 강렬한 비판성을 드러낸다. 〈통곡의 집(慟哭軒記)〉, 〈호민론(豪民論)〉, 〈소인론(小

人論〉〉, 〈유재론(遺才論)〉을 비롯한 많은 글에서 그는 부조리한 현실을 과감하게 폭로하고 그 대안을 제시한다. 이러한 글에서는 비유와 함축을 중시하는 전통적 산문의 특징보다는 직설적인 산문 어법이 두드러진다. 그의 글은 비판적 소품문의 전형을 보여준다.

허균은 소품문이 유행한 18~19세기 이전에 처음으로 그 미학을 이해하고 창작에 옮긴 문인이다. 그의 시도는 100~200년 동안 묻혀 있다가 18세기 이후에야 인정받았다. 18세기 문학을 선도한 존재로서 그는 소품문의 역사에서 매우 소중하다. 그의 시문은 필사본 문집《성소부부고(惺所覆瓿藁)》에 실려 전한다.

1

통곡의 집

慟哭軒記

내 조카 허친(許寀)이 집을 짓고서는 통곡헌(慟哭軒)이란 이름의 편액(扁額)을 내다 걸었다. 그러자 사람들이 크게 비웃으며 물었다.

"세상에는 즐길 일들이 정말 많거늘 무엇 때문에 곡(哭)이란 이름을 내세워 집에 편액을 건단 말이냐? 게다가 곡이란 상(喪)을 당한 자식이나 버림받은 여인이 하는 행위다. 세상 사람들은 그런 자들의 곡소리를 몹시 듣기 싫어한다. 남들은 기필코 꺼리는 것을 자네는 일부러 가져다가 집에 걸어두는 이유가 대체 무엇인가?"

그러자 허친이 이렇게 대꾸했다.

"저는 이 시대가 즐기는 것은 등지고, 세상이 좋아하는 것은 거부합니다. 이 시대가 환락을 즐기므로 저는 비애를 좋아하며, 이 세상이 우쭐대고 기분 내기를 좋아하므로 저는 울적하게 지내렵니다. 세상에서 좋아하는 부귀나 영예를 저는 더러운 물건인 양 버립니다. 오직 비천함과 가난, 곤궁함과 궁핍이 존재하는 곳을 찾아가 살고 싶고, 하는 일마다 반드시 이 세상과 배치되고자 합니다. 세상에서 제일 미워하는 것은 언제나 곡하는 행위입니다. 이것을 능가하는 일은 없습니다. 그래서 저는 곡이란 이름을 내세워 제집의 이름을 삼았습니다."

그 사연을 듣고서 나는 조카를 비웃은 많은 사람을 준엄하게 꾸짖었다.

"곡하는 것에도 도(道)가 있다. 인간의 일곱 가지 정[七情] 가운데 슬픔보다 감정을 일으키기 쉬운 것은 없다. 슬픔이 이르면 반드시 곡을 하게 마련인데, 그 슬픔을 자아내는 사연도 복잡다단하다. 그렇기 때문에 시사(時事)가 어떻게 해볼 도리가 없이 진행되는 것을 가슴 아프게 생각하여 통곡한 가의(賈誼)가 있었고, 하얀 비단실이 본바탕을 잃고 다른 색깔로 변하는 것을 슬퍼하여 통곡한 묵적(墨翟)이 있었으며, 갈림길이 동쪽과 서쪽으로 나 있는 것을 싫어하여 통곡한 양주(楊朱)가 있었다. 또 막다른 길에 봉착하자 통곡한 완적(阮籍)[1]이 있었고, 좋은 시대와 좋은 운명을 만나지 못해 스스로 인간 세상 밖에 버려진 신세가 되어서 통곡하는 행위

---

1 가의로부터 완적까지는 중국의 전국시대와 한위시대의 인물로, 본문에서 보이는 것과 같은 행동으로 널리 알려져 있다.

로써 자신의 뜻을 드러내 보인 당구(唐衢)²가 있었다. 저 여러 분은 모두가 깊은 생각이 있어서 통곡했을 뿐, 이별에 마음이 상해서나 남에게 굴욕을 느껴 가슴을 부여안은 채 좀스럽게 아녀자가 하는 통곡을 흉내 내지 않았다.

저 여러 분이 처한 시대와 비교할 때, 오늘날은 훨씬 더 말세에 가깝다. 국가의 일은 날이 갈수록 그릇되어가고, 선비의 행실은 날이 갈수록 허위에 젖어들며, 친구들끼리 등을 돌리고 저만의 이익을 추구하는 배신 행위는 길이 갈라져 분리됨보다 훨씬 심하다. 또 현명한 선비들이 곤액(困厄)을 당하는 상황은 막다른 길에 봉착한 처지보다 심하다. 그러므로 모두들 세상 밖으로 숨어버리려는 계획을 짜낸다. 만약 저 여러 군자가 이 시대를 직접 본다면 어떤 생각을 품을지 모르겠다. 아무래도 통곡할 겨를도 없이, 모두들 팽함(彭咸)이나 굴원(屈原)이 그랬듯 바위를 가슴에 안고 물에 몸을 던지려 하지나 않을까?

허친이, 통곡한다는 이름의 편액을 내건 까닭이 여기에 있을 것이다. 그러니 너희는 통곡이란 편액을 비웃지 않는 게 좋을 것이다."

---

2 당구는 당나라 중엽 시인으로, 여러 차례 진사 시험을 보았으나 합격하지 못했다. 그의 시는 감상적인 내용이 많았다. 비통한 내용의 시문을 보면 읽고 나서 반드시 곡을 했다. 일찍이 태원(太原)에서 노닐 때 친구의 잔치 자리에 갔다가 술이 거나해져 어떤 일을 말하다가 목을 놓아 운 적이 있다. 그래서 당시 당구는 울기를 잘한다는 말이 나돌았다.

내 말을 듣고, 비웃던 자들이 "잘 알았습니다."라며 물러났다. 오간 대화를 정리하여 글로 써서, 뭇 사람이 의아하게 생각하는 심정을 풀어주고자 한다.

오직 비천함과 가난,

곤궁함과 궁핍이

존재하는 곳을 찾아가 살고 싶고,

하는 일마다 반드시

이 세상과 배치되고자 합니다.

부조리에 대한 혁명적 선언

놀라운 글이다. 이 시대가 어떠한 시대인가? 어떤 자가 감히 자기 서재의 이름을 '통곡헌'이라 이름 붙일 수 있을까? 통곡헌의 주인은 세상과 겪는 불협화와 대결 의식을 공개적으로 선언했다. 그는 자발적으로 "오직 비천함과 가난, 곤궁함과 궁핍이 존재하는 곳을 찾아가 살고자" 했고, "하는 일마다 반드시 이 세상과 배치되고자" 노력했다. 작자는 조카 허친의 생각에 공감을 표하는 글을 써주었지만, 옛글의 관례로 볼 때, 이 글의 논지는 결국 허균의 생각에서 나온 것이 분명하다. 문제는 이러한 의식을 지니는 것이 가능하고, 그것을 공개적으로 표명하는 것이 가능하냐는 데 있다. 현실의 지배적인 힘과 흐름을 거역하며 살겠다는 의지를 이렇게 거침없이 표명한 용기가 놀랍다. 통곡할 수밖에 없는 부조리한 현실에 대한 혁명적 지식인의 의식을 선언한 이 글은, 허균이 어째서 조선시대에 가장 혁명적인 지식인으로 불리며, 결국에는 형장의 이슬로 사라졌는지를 생생하게 보여준다.

2

푸줏간 앞에서 입맛을 쩍쩍 다시다

屠門大嚼引

우리 집이 비록 한미하고 가난하지만, 선친께서 살아 계실 때에는 각 지방의 특별한 음식을 예물로 보내주는 자들이 많아서, 어릴 적에는 진귀한 음식을 골고루 먹을 수 있었다. 장성해서는 큰 부잣집 사위가 되었기 때문에, 또 갖가지 산해진미를 맛볼 수 있었다. 왜란이 발발했을 때에는 북쪽 지방으로 피난했다가 강릉의 외가로 갔기에 낯선 지방의 기이한 음식을 두루 맛볼 기회를 얻었다. 베옷을 벗고 벼슬하기 시작한 뒤로는 남과 북의 임지(任地)로 떠돌아다니면서 더더욱 남들이 해주는 음식을 입에 올리게 되었다. 그 덕분에 우리나라에서 생산되는 음식이라면 조금씩 맛보지 않은 것이 없고, 좋다는 음식이라면 먹어보지 않은 것이 없다.

식욕과 성욕은 인간의 본성이요, 그 가운데 식욕은 특히 목숨과 관련이 깊다. 그럼에도 불구하고 선현들께서 식욕을 천하다고 하신 말씀은, 음식을 지나치게 탐하여 이익에 몸을 버리는 사람을 가리켜 말했을 뿐이다. 성인께서 한 번이라도 음식 먹기를 그만두고 음식에 대해 언급하기를 회피한 일이 있었던가? 그렇지 않다면 여덟 가지 빼어난 음식을 무슨 이유로 예(禮)를 적은 경서에 기록했고,[1] 맹자(孟子)는 물고기와 곰발바닥 요리를 구분하여 말했으랴?[2]

나는 예전에 하증(何曾)[3]이 쓴 《식경(食經)》과 서공(舒公)[4]이 쓴 《식단(食單)》을 본 적이 있다. 두 사람 모두 천하의 온갖 음식을 다 거두어서 풍성하고 호사스러움의 극치를 달렸다. 그렇기 때문에 제시한 음식의 종류가 대단히 많아서 만 단위로 헤아려야 할 지경

---

1 《주례(周禮)》〈천관(天官)〉'선부(膳夫)'에 "진귀한 음식에는 여덟 가지 사물을 쓴다(珍用八物)."라는 기록이 있다. 이 팔진미를 《예기(禮記)》〈내칙(內則)〉에서 순오(淳熬)·순모(淳母)·포돈(炮豚)·포장(炮牂)·도진(擣珍)·지(漬)·오(熬)·간료(肝膋)라고 했다. 후에는 진귀한 음식을 가리키는 말로 사용되었다.

2 《맹자》〈고자(告子)〉에 "생선도 내가 먹고 싶어 하는 음식이고, 곰발바닥도 내가 먹고 싶어 하는 음식이다. 두 가지를 다 얻을 수 없다면 생선을 포기하고 곰발바닥을 취할 것이다."라고 했다.

3 하증은 중국 진(晉)나라 사람으로, 중국 역사상 음식에 관한 첫 저술인 《식소(食疏)》를 썼다. 한편 《진서(晉書)》〈하증전(何曾傳)〉에는 그가 호사스러운 사람으로 온갖 사치를 부렸으며, 특히 한 끼 식사에 만 냥을 쓰면서도 늘 수저를 댈 만한 음식이 없음을 탓했다고 적혀 있다.

4 원문은 순공(郇公)인데, 서공(舒公)의 오류로 보인다. 이는 뒤에서 '하위(何韋)'라고 쓴 것으로 보아 알 수 있다. 서공은 당나라 사람인 위거원(韋巨源)의 봉호(封號)로, 그는 음식에 관한 저술인 《소미연식단(燒尾宴食單)》을 남겼다. 이 저술은 《설부(說郛)》에 실려 전한다.

이다. 그러나 세심하게 들여다보면, 그저 번갈아 멋들어진 이름을 붙여서 눈과 귀를 현란하게 만든 자료에 불과하다.

조선이 비록 외진 나라이기는 하지만, 큰 바다로 둘러싸여 있고, 드높은 산지로 중국과 막혀 있다. 그러므로 생산되는 물산이 풍부하고 넉넉하다. 만약 하증과 서공, 두 분의 사례를 적용해 명칭을 바꾸어 구별하기로 한다면, 얼추 만 단위로 음식의 가짓수를 헤아려야 할 것이다.

내가 죄를 지어 바닷가로 거처를 옮긴 후부터는, 쌀겨나 싸라기조차 제대로 댈 형편이 못 되었다. 밥상에 올라오는 것이라곤 썩은 뱀장어와 비린내 풍기는 물고기, 쇠비름과 미나리에 불과했다. 그조차도 하루에 두 끼밖에 먹지 못하여 밤새 배 속이 비어 있었다. 산해진미를 입에 물리도록 먹어서, 물리치고 손도 대지 않던 옛날의 먹거리를 떠올리고 언제나 입가에 침을 질질 흘리곤 했다. 이제는 아무리 다시 먹고 싶어도, 하늘에 사는 서왕모(西王母)의 천도복숭아인 양 아득히 멀게만 느껴진다. 내가 동방삭(東方朔)이 아니고 보니 무슨 수로 그 복숭아를 몰래 따겠는가?[5]

마침내 그 음식들을 분류하여 기록하고 틈이 날 때마다 살펴봄으로써 고기 한 점 먹은 셈 치기로 했다. 작업을 마치고 나서, 책

---

5 전설에 선녀인 서왕모가 사는 요지(瑤池)에 복숭아나무가 자라는데 3000년에 한 번 열매가 열린다. 한무제 때 동방삭이 그것을 세 번이나 훔쳐 먹었다고 한다. 《한무고사(漢武故事)》에 나온다.

의 이름을 '푸줏간 앞에서 입을 크게 벌려 입맛을 다신다'는 뜻으로 《도문대작(屠門大嚼)》이라 했다.[6] 세상의 벼슬 높은 자들은 온갖 음식 사치를 다 누리면서 하늘이 낸 물건을 절제함 없이 마구 쓴다. 나는 내 경우처럼 영화와 부귀란 언제나 지속되는 것이 아님을 경계하고자 한다.

신해년(1611) 4월 21일, 성성거사(惺惺居士)가 쓴다.

---

6 이 말은, 환담(桓譚)이 《신론(新論)》에서 "사람들이 장안(長安)의 음악을 들으면 대문을 나서서 서쪽을 바라보고 웃고, 음식 맛이 좋으면 푸줏간을 바라보고 입맛을 다신다."라고 한 구절과, 조식(曹植)이 〈오계중에게 준다(與吳季重書)〉에서 "푸줏간을 지나면서 입맛을 쩍쩍 다시는 것은 비록 고기를 얻지는 못하지만 기분이나 상쾌하자는 심사입니다."라고 말한 구절에서 나왔다.

···········

음식을 주제로 한 가장 오래된 산문

《도문대작》은 허균이 1611년에 귀양지인 전라도 함열에서 쓴, 음식에 관한 저작이다. 이 서문은 음식을 다룬 책을 짓게 된 개인적인 동기를 흥미롭게 설명했다. 귀양지에 유폐된 채 거칠고 입에 맞지 않은 음식을 억지로 먹다보니, 지난날 먹었던 풍성하고 맛 좋은 음식과 각 지방의 별미가 더 그립다. 그리하여 지난날 맛보았던 추억의 음식을 떠올리며, 전국적으로 분포한 각종 음식을 풍성하게 채록했다고 동기를 밝혔다. 그가 직접 먹어본 음식 경험에서 우러난 저작을 썼다는 점에서 큰 의미가 있다. 이 책은 우리나라 식품사(食品史)에서 가장 오래되고 중요한 문헌이다.

선비의 글쓰기는 유가(儒家)의 삶과 잘 부합되는 것이 아니면 저서의 주제가 되기 쉽지 않다. 그런 무언의 관례로 볼 때,《도문대작》처럼 음식에 관한 내용을 전문적으로 저술하는 것은 쓸데없는 짓이거나 사치를 조장하는 좋지 못한 행위로 간주되기 쉽다. 하지만 허균은 그 저술이 지니는 가치를 중시했다. 이 서문에서는 전통적 관점을 버리고 흥미로운 일상사에 시선을 둔 허균의 개성적 사유가 엿보인다. 그의 사유는 18세기 소품문 작가들에게 적극적으로 계승된다.

···········

3

비방꾼과의 대화

對詰者

키가 훌쩍 크고 멋진 모자를 쓴 사람이 나를 찾아와 따졌다.

"당신은 문장 솜씨가 좋고, 벼슬이 높은 분입니다. 관(冠)을 높이 쓰고 넓은 띠를 두르고 궁궐에서 임금님을 모시는 분이지요. 따르는 사람이 구름처럼 당신을 에워싸 사통팔달의 거리에서 '물렀거라!'를 외칩니다. 따라서 사귀는 사람을 잘 가려서 정승·판서와 한 무리가 되고, 그들과 행동을 함께하여 국사를 짜는 데 협력하며, 차례로 권력을 움켜쥐어 창고를 재물로 가득 채워야 어울리지요. 그런데 어째서 조회가 끝나면 바보처럼 문을 닫아걸고, 높은 벼슬아치는 한 사람도 찾아오지 않는 대신에 운명이 기구한 자들하고만 어울린단 말이오?

어울리는 사람을 살펴보니, 얼굴이 검은 자가 있고, 수염이 붉은 자가 있었소. 수염이 붉은 자는 혓바닥을 장난스럽게 놀리고, 얼굴이 검은 자는 술병을 잡고 있더이다. 키 작은 사내도 보이는데, 그 코가 꼭 여우처럼 생겼소. 한 눈이 먼 자도 있고, 속눈썹이 붉은 자도 있더군요. 날마다 그런 자들과 집 안에서 법석대며, 노래도 부르고 소리도 지르면서 온갖 만물을 묘사하는 시를 즐겨 지었소. 그러다 보니 당신을 질투하는 자가 숲 속의 나무처럼 많고, 수많은 선비가 당신을 등지고 떠나갔소. 당신이 진흙 구덩이에 빠져 곤액(困厄)을 당하는 것은 마땅하오. 이제는 그 무리들일랑 버리고 저 요직에 있는 사람들을 찾아가 사귀도록 하시오."

그 말을 듣고 나는 이렇게 답했다.

"아니지요, 아니지요. 당신이야말로 물정 모르는 말을 하고 있군요. 저는 성품이 천박하고 졸렬하며, 세상사에 어둡고 거칠기 짝이 없습니다. 기교도 전혀 부리지 못하고, 남에게 아첨도 하지 못하지요. 마음에 맞지 않는 것이 하나라도 있으면 잠시도 참지를 못합니다. 남을 칭찬하는 이야기를 꺼내려고 하면 금세 말을 더듬거리고, 권세를 잡은 자의 문에 다가서면 발뒤꿈치가 부르트며, 귀하신 분들에게 예를 표하려고 하면 기둥이 박힌 듯 허리가 뻣뻣해집니다. 이런 거만한 태도로 정승을 찾아가 뵈니, 보는 사람마다 미워해서 제 정수리를 내려치려 듭니다. 부득이하여 강호(江湖)로 은퇴할까도 생각했지만, 가난 탓으로 녹봉을 받으려고 물러나려다 망설이지요.

그러나 두세 사람만은 세상이 뭐라 하든지 아랑곳하지 않고 제가 지닌 재능을 좋아하여 한정 없이 제게 사랑을 베풉니다. 저를 찾아와 술을 마셔 취하고, 제가 그들을 부르면 그들도 저를 찾습니다. 제가 시를 지으면 뒤따라 화답시를 짓는데, 작품 한 편 한 편이 빼어난 구슬이라서, 화제(火齊)와 목난(木難)이요,[1] 장미와 산호지요. 제가 지닌 보물을 스스로 소중히 여기면 그뿐이니 남이 인정해주기를 기다리지 않지요. 〈국풍(國風)〉을 친구쯤 여기고 〈이소(離騷)〉를 종으로 알면서, 위대한 문학을 하자 뻐기며 세상을 비좁게 여기지요. 어긋난 방법으로 벼슬하지 말자고 하며, 제게 어울리는 방법으로 몰아갑니다. 하늘이 부여한 성정대로 살다가 늙음을 맞이하렵니다. 권세나 이익을 위해 사귄 벗은 때가 되면 반드시 우정이 변질되지만, 제 우정은 변치 않아 바위인 듯 쇠인 듯 단단하지요. 마음이 맞는 벗에 흠뻑 취해 이 몸이 있는 줄도 모르지요. 잠자는 것도, 밥 먹는 것도 잊을 지경입니다. 그러니 초헌(軺軒)을 탄 높은 벼슬아치를 봐도 못 본 척하지요.

저 부귀한 자들은 붉고 푸른 관복을 늘어뜨리고, 긴 소매와 패옥(佩玉)으로 몸을 치장하고 오로지 집안 여자들이나 만족시키려 들지요. 그런 즐거움에 빠진 자들은 오로지 쾌락만을 도모한답니다. 저는 음악이나 여자도 탐내지 않고, 무서운 형벌도 겁내지 않습니다. 도연명(陶淵明)과 사령운(謝靈運), 이백(李白)과 소식(蘇軾)

---

1 화제와 목난은 귀중하고 희귀한 보석의 종류.

따위의 큰 작가와 대등해지기를 바랄 뿐, 영고성쇠(榮枯盛衰)에는 마음을 쓰지 않지요. 많은 사람이 좋아하는 것은 미워하고, 많은 사람이 존중하는 것은 더럽게 여깁니다. 남들은 그런 저를 두고 나쁜 풍조에 물들었다고 비난하지만, 저는 좋아서 껄껄 웃지요. 제가 무거운 죄를 범하기는 하지만, 사귐을 끊느니 차라리 도끼로 죽임을 당하는 편이 나을 겁니다.

세상 인심은 변화무쌍하고 세상 사는 길은 기구하여, 털끝 같은 시비를 꼬치꼬치 따지고 한 푼어치 이익을 놓고 아웅다웅 다투지요. 세상과 어긋나게 사는 제가 그들에게 진정과 믿음을 주기는 어렵지요. 당신의 말이 옳기는 하지만 제가 미련한 놈임을 살피지는 못했군요. 사람을 아끼기는 하지만 은덕을 베푸는 분은 아니로군요."

내가 말을 마치자 그 사람이 말했다.

"잘 알겠소. 내가 참으로 멍청했소. 당신의 설명을 듣고 보니 용한 무당에게 점을 친 것 같소. 당신이 사귀는 벗은 훌륭하고, 당신이 한 말은 잘못이 없소. 내가 말을 잘못했으니 참으로 소인배입니다."

말을 마치고 물러서는 그의 뒷모습이 비틀거렸다.

············

가상 인물과의 대화로 드러낸 소신

가상의 인물과 문답하는 형식을 빌려 자신의 소신을 밝혔다. 키가 크고 멋진 모자를 쓴 가상의 인물이 허균을 질책하는데, 그는 조정의 고관을 대변하는 사람이다. 그가, 높은 벼슬자리를 차지하고 있는 사람이 무엇하러 같은 부류의 사람들과 어울려 부귀를 누리지 않고 무뢰배와 어울리느냐고 비난했다. 그 비난을 듣고 허균이 변명을 늘어놓았다. 성공한 사람들과는 어울리지 못하는 성품이라서 그렇다고 허균은 변명하지만, 실은 저들과의 교유는 "차례로 권력을 움켜쥐어 창고를 재물로 가득 채우는" 결과가 기다린다. 반면에 진정한 벗은 고관들의 추잡한 행태를 보이지 않는다. 그저 문학이나 즐길 뿐이지만 거기에는 진정한 우정이 있다. 그래서 신분이 미천한 자들과 사귀다 죽어도 기꺼이 감수하겠다고 했다.

이 글에서도 허균은 "많은 사람이 좋아하는 것은 미워하고, 많은 사람이 존중하는 것은 더럽게 여기는" 신념을 드러냈다. 세상과 불화하고 대결하려는 의식을 분명하게 표현했다. 혁명적 사고의 한 측면을 직설적인 언사로 드러냈다. 허균은 실제로 서얼 출신들과 어울려 지냈고, 조선왕조의 신분 차별 정책에 매우 분노했다.

············

4

한가함의 열망

閑情錄序

오호라! 이 세상을 살아가는 선비가 벼슬을 하찮게 여겨 내던지고 아예 숲 속으로 숨어들고 싶겠는가? 추구하는 도(道)가 풍속과 어긋나고, 운명이 시대와 맞지 않을 때에만 고상한 생활에 몸을 던져 숲 속으로 도피한다. 그런 선택을 하는 자의 마음이 가엾다.

요순(堯舜)이 다스리던 세상에서는 요순을 임금으로 모시고 군주와 신하가 서로 화합하고 도와서 정치와 교화가 잘 펼쳐졌다. 그럼에도 소부(巢父)나 허유(許由) 같은 무리가 나타나 정사를 맡으라는 더러운 소리를 들었다고 귀를 씻었고, 제 몸이 크게 더러워지기라도 한 것처럼 표주박을 나뭇가지에 걸어둔 채 세상을 버리고 떠나버렸다.[1] 이들은 또 무엇을 보여주려는 것인가?

나는 어려서부터 제멋대로여서 아버지나 스승으로부터 제대로 가르침을 받지 못했고, 장성해서는 예의염치를 지키는 행실을 하지 못했다. 세상에 보탬이 못 되는 자질구레한 문장 솜씨로 젊은 시절부터 조정에 나가 벼슬을 시작했다. 그러나 거침없고 도도한 행동 탓에 권세가로부터 미움을 사서 마침내 노장(老莊)이나 불가의 무리 틈에 스스로 도피했다. 외물과 육신을 하찮게 여기고, 잃고 얻는 문제를 똑같이 보는 태도를 고상하게 보았다. 세상사에 휩쓸려 되어가는 대로 내맡기면서 미치광이나 망령된 자들과 어울렸다.

금년 내 나이 벌써 마흔두 살이다. 머리카락은 듬성듬성하지만 할 수 있는 일이 없다. 저물어가는 세월은 서두르건만 이루어놓은 공훈이나 업적이 없다. 나 자신의 꼴이 적이나 안타깝다.

그러니 제일 낫기로는 사마자미(司馬子微)나 방덕공(龐德公)처럼 산언덕이나 골짜기를 하나씩 차지하여 실컷 즐기고 마음먹은 대로 사는 것이지만 그렇게 하지 못했다. 그다음 낫기로는 상자평(向子平)이나 도홍경(陶弘景)처럼 자식을 다 키워낸 뒤 멀리 은둔하거나 벼슬을 사직하고 영구히 속세를 떠나는 것이지만 그렇게도 하지 못했다. 가장 못하기로는 사강락(謝康樂)이나 백향산(白香

---

1 소부와 허유의 이야기는 요임금 때의 고사. 요임금이 허유에게 천하를 주려 하자 거절하고 기산(箕山)에 은거했다. 또 그를 불러 구주(九州)의 장(長)으로 삼으려 한다는 말을 듣자 더러운 소리를 들었다 하여 영수(潁水) 가에서 귀를 씻었다. 그는 기산에 은거하면서 표주박으로 물을 떠먹고 나무 위에 걸어놓았다 한다.

털끝만 한 이익이나 손해에

넋은 경황이 없었고,

모기나 파리 같은 자들의

칭찬이나 비방에

마음은 요동을 쳤다.

山)처럼 벼슬아치들과 뒹굴다가 산수에 오만한 기분을 푸는 것이지만 그렇게도 하지 못했다.

오히려 반대로 권세를 좇는 길 위에서 허둥대느라 한 해 내내 한가로운 때가 없었다. 털끝만 한 이익이나 손해에 넋은 경황이 없었고, 모기나 파리 같은 자들의 칭찬이나 비방에 마음은 요동을 쳤다. 걸음을 멈칫거리고 숨을 죽이면서 함정에 빠지지 않도록 조바심을 냈다. 큰 기러기가 높이 날고 봉황이 솟아오르며 매미가 허물 벗듯이 시원스럽게 혼탁한 속세를 벗어났던 옛날의 현자와 나 자신을 비교해보았다. 지혜롭고 어리석기가 하늘과 땅 차이보다 훨씬 더 컸다.

근래에는 병으로 휴가를 얻어 두문불출했다. 우연히 유의경(劉義慶)과 하양준(何良俊)이 편찬한 《세설신어(世說新語)》의 〈서일전(棲逸傳)〉과 여조겸(呂祖謙)의 《와유록(臥遊錄)》, 도목(都穆)의 《옥호빙(玉壺氷)》을 읽었다. 쓸쓸하고도 소탈한 심경을 담아낸 글이 가슴에 확 와 닿았다. 마침내 네 분이 간단간단하게 쓴 글을 모으고, 내가 사이사이에 보았거나 기억하고 있던 내용을 덧붙여 책 한 권으로 편찬했다. 또 옛사람의 시부(詩賦)나 잡문 가운데 한가로움과 편안함을 묘사한 글을 가져와 후집(後集)을 만들었다. 모두 10편(編)으로 《한정록(閒情錄)》이라 이름을 붙였으니 이것으로 나 자신의 마음을 씻어 반성하려 한다.

나는 재주가 모자라서 미처 도(道)를 듣지 못했다. 그러나 성인이 다스리는 세상에 태어나 관직은 고위 벼슬아치요, 직책은 임금님의 교서를 짓는 자리에 있다. 어찌 감히 소부나 허유의 자취를 따르고자 요순 같은 임금님과 결별하는 짓을 모질게 해치우고 고상한 척하겠는가?

다만 시대와 운명에 부합하지 않아서 옛사람이 탄식한 점과 비슷한 구석이 있다. 아직 몸이 건강할 때 조정에서 물러나기를 청하여 내게 주어진 천수(天壽)를 누릴 수만 있다면 그보다 더 큰 행복이 없겠다. 훗날 숲 아래에서 세상을 버리고 속세와 인연을 끊은 선비를 만나게 되거든 이 책을 내어놓고 서로 논평하며 읽고 싶다. 그렇게 하면서 처음 먹은 마음을 저버리지 않기를 바란다.

몸과 마음이 따로 가는 영혼을 위로하다

어떤 인생을 살 것인가? 부자가 되고 권력을 쟁취하며 남들과 경쟁하면서 살 것인가, 아니면 인생의 위의를 지키며 고상하고 한가롭게 살 것인가? 마흔을 넘기고 보니 부귀도 명성도 삶의 본질이 아니라는 판단이 섰지만, 그렇다고 모든 것을 버리고 전원에 은거할 수도 없다. 몸은 여전히 세상 속에서 허둥대며 휩쓸려가는 것이 현실이다. 그러니 몸과 마음이 따로 가는 영혼을 위로하는 책이 필요하다. 바로 《한정록》이다.

이 글은 《한정록》이란 책을 편찬하고 그 동기를 밝힌 서문이다. 그 책은 마음에 거슬리는 것 없이 한가롭게 살아가는 인생을 주제로 그 방법과 사례를 모아놓았다. 책의 전체 주제는 한 글자로는 '한(閑)'이고, 두 글자로는 '한적(閑適)'이다. 한가하고 마음에 맞는 생활에 대한 열망을 담아 그와 관련한 다양한 주제를 16개 부문으로 분류하여 편집했다. 은둔으로부터 은퇴, 운치 있는 생활 가구, 섭생, 농사짓는 것까지 흥미로운 내용이 많다.

허균은 당시 사회와 정치를 매우 부조리하고 혼탁한 탁세(濁世)로 규정했다. 탁세의 시대에 적당히 타협하지 못하는 국외자로서, 머물 것인가 떠날 것인가 갈등하는 심리를 확연히 표출하고 있다. 그의 갈등은 사대부나 현대인이 깊이 공감할 수 있는 정서이다. 한가로움의 이상을 담은 《한정록》은 독서물로서 큰 인기를 얻었다. 이 책은 1606년에 네 권을 1차로 편찬한 뒤 1610년에 열 권으로 증보하여 사망하기 직전인 1617년에 완성했다. 서문은 1610년 열 권으로 증보할 때 썼다.

5

이런 집을 그려주오

與李懶翁 丁未正月

큰 비단 한 묶음에, 노랗고 파란 갖가지 물감까지 종에게 맡겨 서
경(西京, 평양)에 보내니, 산을 등지고 시내를 앞에 둔 집 한 채를
그려주게. 갖가지 꽃과 천 그루의 긴 대나무를 심게나. 집 중앙에
는 남쪽으로 마루를 내고, 그 앞뜰을 널찍하게 만들어 패랭이꽃과
금선초(金線草)를 심고, 괴석(怪石)과 예스런 화분을 놓아두게. 동
쪽 모퉁이 구석방에는 발을 거두어 도서 천 권을 진열하고, 구리
병에는 공작새 꼬리를 꽂으며, 박산향로(博山香爐)를 탁자 위에 놓
아두게. 서쪽 방에는 창을 내어 어린 계집종에게 나물국을 끓이고
손으로 술을 걸러서 신선로에 따르게 하게. 나는 깊은 방 안에서
보료에 기대어 책을 보고 있고, 그대와 다른 벗은 좌우에 앉아 담
소를 나누고 있네. 모두 복건(幅巾)과 버선을 착용하되, 관대(冠帶)

를 두르지 않은 도복 차림일세. 한 오라기 향 연기가 주렴 너머에서 피어오르네. 여기에 두 마리 학이 바위에 낀 이끼를 쪼고 있고, 빗자루를 안고 꽃잎을 쓸고 있는 동자의 모습까지 그려넣는다면, 인생의 모든 것이 다 갖추어진 걸세. 그림이 완성되면 태징공(台徵公)[1]이 돌아오는 편에 부쳐주게. 간절히 바라고 또 바라네.

---

1 이수준(李壽俊, 1559~1607)의 자(字)로 선조 연간의 문신이다.

동쪽 모퉁이 구석방에는

발을 거두어 도서 천 권을 진열하고,

구리병에는 공작새 꼬리를 꽂으며,

박산향로(博山香爐)를 탁자 위에 놓아두게.

문장으로 그려낸 꿈의 공간

허균이 절친하게 지내던 화가 이정(李楨)에게 보낸 척독으로, 1607년 1월에 썼다. 이정은 이때 평양에 머물고 있었다. 권력에 굴하지 않는 자유분방한 화가의 길을 걷던 이정은 한 정승에게 미움을 사서 평양으로 피신해 있었다. 허균은 그에게 배산임계(背山臨溪)의 멋진 가상공간을 그려달라고 부탁했다. 그러나 편지를 보낸 다음 달에 평양에서 온 사람으로부터 이정이 죽었다는 소식을 접하고 허균은 통곡하고 만다. 그해 8월에는 꿈에서 이정을 만났다고 이사상(李士常)에게 편지를 보냈다.

허균이 구상한 집은 규모는 작을지 몰라도 상당한 호사 취미를 구현했다. 괴석을 배치하고 도서 1000권을 수장한 곳, 공작새 꼬리를 꽂은 구리병, 박산향로가 탁자에 놓여 있다. 그 위에 나물국을 끓이는 계집종과 동자의 설정은 한 폭의 신선도를 떠올리게 한다.

이덕무는 〈이목구심서(耳目口心書)〉에서 허균의 척독소품을 대표하는 글로 이것을 뽑고 이렇게 찬탄했다.

"허단보(허균)의 《성소부부고》에 수록된 척독들은 곱고도 기이해서 즐겨 읽을 만하니 동국에서 찾아보기 드문 작품이다. 그는 명(明)의 글을 배웠지만 그가 취하여 쓴 것은 《세설신어》 한 종이다. 따라서 그 맑고 산뜻함을 따르기 어렵다. 그가 나옹(懶翁) 이정에게 준 편지에서 동산의 배치를 묘사한 것은 선명하고도 신묘하여 대단히 기이한 솜씨다."

6

이재영에게 보낸 척독 3제(題)

추녀 끝에서는 빗물이 뚝뚝 떨어지고, 향로에서는 향 연기가 가늘게 피어오르고 있네. 두세 벗들과 함께 어깨와 맨발을 드러낸 채로 방석에 앉아 연대[藕, 연근]를 씻고 참외를 쪼개 먹으며 번뇌를 씻는 중이라네. 이런 때 우리 여인(汝仁, 이재영李再榮)이 없어서는 안 되지. 자네의 사자 같은 늙은 아내는 필시 으르렁거려¹ 자네 얼굴을 고양이 면상으로 만들겠지만, 늙은 홀아비의 기세 꺾인 꼴일랑 하지 말게. 문지기가 우산을 가지고 갔네. 가랑비를 피해서 어

---

1 사자후는 사나운 부인의 잔소리를 비유한다. 중국 송(宋)나라 때 진호(陳慥)의 아내는 성질이 몹시 사나웠다. 소식(蘇軾)이 그를 조롱하여, "문득 하동(河東)의 사자후가 들려오자, 손에서 지팡이를 놓치고 마음이 철렁하네."라는 시를 지어주었다.

서 빨리 오게. 벗 사이에 모이고 흩어지는 일은 변화가 무상(無常)하다네. 이런 모임을 어찌 자주 하겠는가? 뿔뿔이 흩어진 뒤에는 후회한들 소용없으리.

자네의 애첩은 지혜로워 청춘이 순간임을 반드시 알 걸세. 그래, 비구니가 되어 끝내 수절하려 들겠는가? 속담에 "열 번 찍어 안 넘어가는 나무 없다."라는 말이 있더군. 잘해보게. 금박 휘장 아래에서 맛 좋은 고아주(羔兒酒)[2]를 먹는 일에 길든 그이겠지만, 눈을 녹여 차를 끓이는 일도 특별한 운치가 있다네. 그가 나를 찾아온다면 반드시, 하마터면 허송세월할 뻔했다고 말할 걸세. 자네가 그에게 "나는 놈 위에 타는 놈이 있다."라고 하면 그 말에 반드시 마음이 움직일 걸세.

내가 큰 고을의 원님자리를 차지했는데 마침 자네가 사는 곳과 가까우니, 어머니를 모시고 이리로 오게. 봉급 절반을 떼어 대접하리니, 결코 양식이 떨어지는 지경에는 이르지 않을 걸세. 자네는 나와 처지가 다르나 취향은 같고, 재주는 열 배나 뛰어나네. 하지만 세상에서 버림받기는 나보다도 심하네. 나는 항상 기가 막히네. 나는 비록 운수가 기박해도 몇 차례 고을 원님이 되어 달팽이

---

2 중국 명주(名酒)의 하나.

침처럼 적실 수 있지만, 자네는 사방천지 어디서도 입에 풀칠하기 어렵네. 모든 게 우리 책임일세. 밥상을 대할 때마다, 얼굴에 땀이 흐르고 먹은 것이 목구멍으로 넘어가지 않네. 서둘러 빨리 오게. 설령 이 일로 남들의 비방을 받을지라도, 나는 전혀 개의치 않을 것이네.

문단을 뒤흔든 짧고 가벼운 일상 글

　많은 척독 작품 가운데 이재영(李再榮, 1553~1623)에게 보낸 세 편을 뽑았다. 친구 사이의 각별한 우정과 멋을 느낄 수 있다. 이재영은 서얼 신분으로서 재능이 뛰어난 사람이었다. 허균과 친하게 지냈고, 한리학관(漢吏學官)을 역임했으며, 인조반정 뒤에 이이첨의 막료라 하여 매 맞아 죽었다.

　허균의 척독에는 남녀 간 애정에 관한 사연이 심심치 않게 등장하는데, 금기시된 애정 문제가 자연스럽고도 익살스럽게 말해진다.

　안정복(安鼎福)의 《천학문답(天學問答)》에는 다음과 같은 글이 나온다. "허균이, 남녀의 정욕은 하늘로부터 부여받은 것이요, 윤리를 분별하는 것은 성인의 가르침이다, 성인을 위반할지언정 하늘로부터 부여받은 본성을 위반할 수는 없다고 했다." 성대중(成大中)의 《청성잡기(靑城雜記)》에도 똑같은 주장이 실려 있다. 그의 지론으로서 이단다운 사유를 엿볼 수 있다. 세 번째 편지에는 천대받는 서얼을 동정하고 신분 불평등을 자신의 문제로 인식하는 태도가 잘 나타나 있다.

　허균의 척독은 가벼운 필치로 사대부의 일상적 삶과 정서를 표현하고 있다. 그가 시도한 척독의 필치는 18세기 이후 문단에 널리 퍼졌다.

2

자기다운 삶을 찾는 글, 이용휴

이용휴

이용휴(李用休, 1708~1782)는 18세기를 대표하는 문인이다. 본관은 여주(驪州)이고, 자(字)는 경명(景命), 호는 혜환(惠寰)이다. 그의 집안은 '정릉(貞陵) 이씨(李氏)'로 불리는 남인(南人) 명문가다. 저명한 학자인 성호(星湖) 이익(李瀷)의 조카이고, 정조 대의 저명한 학자인 이가환(李家煥)은 그의 아들이다. 이용휴는 벼슬하기를 포기한 채 일종의 전업 작가로 재야에서 한평생을 보냈고, 문집으로《탄만집(嘆嫚集)》이 있다.

이용휴는 오랜 문학 전통을 묵수(墨守)하지 않고 해체하는 데 진력하여, 18세기 문학 변화의 최전선에 섰다. 그는 18세기 개성적 산문의 창작을 선도한 선구자다. 특히, 인생 중반 이후 원숙기에 들어섰을 때 실험적 시와 산문을 열정적으로 창작했다. 그런 행보를, '옛것과 합치[合古]'하려고 애쓰지 말고 '옛것과 결별[離古]'하라고 주장한 선언을 통해 선명하게 밝혔다. 이러한 주장을 적극적으로 실천하여 시는 시대로, 산문은 산문대로 조선 500년의 한문학 유산과는 뚜렷하게 구별되는, 개성이 풍부한 작품을 창작했다. 소품문 창작은 그러한 문학 혁신의 연장 선상에 있고, 그의 문학적 행보는 문단에 큰 영향을 미쳤다.

이용휴는 문단의 거두로서 동시대 젊은 작가들에게 큰 영향을 미쳤다. 정약용은 그에 대해 이렇게 말했다. "영조 말엽에 혜환의 명성이 한 시대의 으뜸이어서 무릇 글을 갈고 닦아 새롭게 바꾸고자 하는 자들은 모두 그에게 와서 수정을 받았다. 몸은 포의(布衣)의 반열에 있으면서 손으로는 문원(文苑)의 권력을 30여 년 동안 쥐고 있었다. 그런 사례는 예로부터 없었다. 그러나 우리나라 선배의 문자가 지닌 흠집을 너무 심하게 들추어냈기 때문에 한 떼의 무리가 그를 원망했다." 그가 문단에서 얼마나 큰 위상을 지녔는지를 잘 짚어낸 말이다.

주제나 문투, 길이나 소재, 어휘와 발상 등 여러 측면에서 이용휴의 산문은 실험적이고 파격적이다. 무엇보다 그는 몹시 짧은 글을 선호했고, 매우 쉬운 어휘를 선택했다. 대신에 발상은 아주 기발하고, 주제는 선명했다. '결단코 일반 문인의 작품과 다른 모습을 갖추고자 노력한' 결과, 남들이 흉내 내기 어려운 독특한 문장을 만들어냈다. 그의 글은 조선시대의 일반적인 산문과도 그렇고 현대의 산문과 비교할 때도, 실험적이고 독특한 색채를 지닌 문장이라는 평가를 서슴없이 내릴 수 있다.

18세기 소품문의 역사에서 이용휴는 누구보다도 소품문 창작에 열의를 보이고 그만의 독특한 산문 미학을 획득한 작가로 자리매김할 수 있다. 그의 글이 때론 과도한 기(奇)로 흐른 감이 없지 않지만, 간결한 문체에 극도로 절제된 언어 구사를 통해 주제를 선명히 구현한 산문은 우리 산문사에서 빛나는 성과다.

1

미인의 얼굴 반쪽

題半楓錄

옛날 어떤 사람이 꿈에 미인을 보았다.

너무도 고운 여인이었으나 얼굴을 반쪽만 드러냈기 때문에 그 전체를 볼 수 없었다.

반쪽에 대한 그리움이 쌓여 병이 되었다.

누군가가 그에게, "보지 못한 반쪽은 이미 본 반쪽과 똑같다."라고 일깨워주었다.

그 사람은 바로 답답증이 풀렸다.

무릇 산수(山水)를 구경한다는 것은 모두 이렇다.

그뿐 아니다.

금강산은, 산봉우리는 비로봉이 으뜸이고, 물길은 만폭동이 최고다.

이제 그 둘을 모두 구경했으므로 반쪽만 보았다고 말하기 어렵다.

이것은 음악을 듣는 것에 비유할 수 있다.

구소곡(九韶曲)[1]을 들은 자라면, 그것으로 그치고 다른 음악은 더 이상 듣지 않을 것이다.

1 　중국 상고 시절 순(舜)임금 때 지어진 음악으로, 최상의 음악이라고 치켜세워진다.

짧은 비유로 음미하는 인생의 의미

금강산 여행기를 평한 짧은 글이다. 지인 하나가 금강산을 구경하고 나서 지은 작품집을 그에게 보여주었다. 그는 금강산 전체가 아니라 그 반쯤만 보고 왔다. 그래서 작품집 이름을 《풍악산 반쪽의 기록(半楓錄)》이라고 했다. 이 작품집을 어떻게 평가할 것인가? 이용휴는 대뜸 미인 이야기를 꺼냈다. 미인의 반쪽 얼굴만을 보고서 나머지 반쪽에 대한 그리움으로 병이 들었다는 사람의 이야기다. 비유가 촌철살인(寸鐵殺人)의 힘으로 다가온다.

작품이나 문집을 평가할 때, 직접적으로 작품이나 작가의 세계를 꼬치꼬치 따지지 않는 방법이 있다. 전혀 엉뚱한 사연이나 각도에서 작품과 작가를 바라보고 논하는 방법이다. 그런 은유와 상징의 방법이 18세기에 제법 즐겨 쓰였다. 미인의 비유도 그런 글쓰기의 하나다.

미인의 사연은, 아름다운 금강산을 다 보지 못한 아쉬움과 그리움을 함축적으로 표현했다. 그러나 산수뿐이랴? 실은 우리의 인생도, 예술도, 사회도 마찬가지 아니겠는가? 이용휴의 소품문은 이렇게 짧은 비유를 통해 인생의 깊은 의미를 음미하게 만든다.

2

이 사람의 집

此居記

이 집은 이 사람이 사는 이곳이다.

이곳은 바로 이 나라 이 고을 이 마을이고, 이 사람은 나이 젊고 식견이 높으며 고문(古文)을 좋아하는 기이한 선비다.

만약 그를 찾으려거든 마땅히 이 글 속으로 들어와야 하리라!

그렇지 않으면 아무리 쇠신이 뚫어지도록 대지를 두루 돌아다녀도 끝내 찾지 못하리라!

'이'와 '저' 사이 깊고 넓은 행간

원제는 〈차거기(此居記)〉로, 한 편의 완전한 글이다. 지나치게 짧아서 현대의 콩트와도 비교가 안 될 정도다. 원문의 글자 수는 겨우 53자로, 56자인 칠언율시에 비해 3자가 적다. 이보다 짧은 글은 보기 힘들다. 그럼에도 불구하고 내용은 흠잡을 데 없이 완전하다.

짧은 만큼 주제를 찾기가 쉽지 않으나 행간의 의미는 깊고도 유장하다. 그 깊은 의미는 아홉 번이나 쓰인 '이(此)' 자에 있다. '이(此)' 자의 빈번한 사용은 그 반대어인 '저(彼)'의 존재를 암시한다. '저(彼)'는 신분, 지위, 집안, 경제적 능력, 외모 등의 외면적인 것을 의미하는데, 저것을 가지고 사람을 판단하는 것이 당시 조선 사회의 관례다. 이용휴는 '저것'이 아닌 '이것'으로 사람을 보라고 말한다. 집안이 좋은지, 벼슬이 무엇인지를 가지고 이 사람을 판단하지 말고, 이 사람 자체를 보라는 것이다. 온갖 가식과 외피가 씌워지지 않은 상태에서 인간을 판단하라는 날카로운 독설을 뱉어내고 있다. 인식의 변혁을 꾀하라는 주문을, 혁신적이고 실험적인 글로 표현했다. 보통의 글이라면 건물의 외관에 대해 몇 줄을 할애하여 썼을 것이다.

··········

살구나무 아래의 집

杏嶠幽居記

늙은 살구나무 아래, 작은 집 한 채!

방은 시렁과 책상 따위가 3분의 1이다.

손님 몇이 이르기라도 하면 무릎이 부딪치는, 너무도 협소하고 누추한 집이다.

하지만 주인은 편안하게 독서와 구도(求道)에 열중한다.

나는 그에게 말했다.

"이 작은 방에서 몸을 돌려 앉으면 방위가 바뀌고 명암이 달라지지. 구도란 생각을 바꾸는 데 달린 법, 생각이 바뀌면 그 뒤를 따르지 않을 것이 없지. 자네가 내 말을 믿는다면 자네를 위해 창문을 밀쳐줌세. 웃는 사이에 벌써 밝고 드넓은 공간으로 올라갈 걸세."

초라한 집을 빛내준 유머 넘치는 문장

원제는 〈행교유거기(杏嶠幽居記)〉다. 벗이 호젓한 강가 언덕에 집을 짓고 그 옆에 살구나무를 심어놓았나 보다. 그리고 그 초라한 집을 빛내줄 글을 당대의 문장가 이용휴에게 부탁했다.

모두 87자로 짜인 아주 짧은 글이다. 글은, 집과 주인을 묘사한 앞부분과 그 주인에게 작자가 말을 건네는 뒷부분, 이렇게 두 단락으로 나뉜다.

먼저 앞부분이다. 이 집은 몹시 좁다. 손님 몇 명 찾아와 앉으면 서로의 무릎이 부딪칠 만큼 지극히 협소하고 누추하다. 그러나 주인은 전혀 아랑곳하지 않고 독서와 구도를 즐긴다. 현실이 몹시 어려워도 그 현실을 불평하지 않고 감내하며 살아간다.

후반부는 주인에게 건네는 나의 말이다. 불만을 토로해야 할 슬픈 현실을 견디는 집주인에게 작자는, 마음먹기에 따라서는 비좁은 집 안도 광대한 우주와 같다고 다독거린다. 사실 우리네 옛집은 좁지만 문만 열면 바라다 보이는 세상이 모두 자신의 소유물처럼 풍성하다. 생활에서 찾아낸 유머와 기지가 넘친다. 군더더기 없는 깔끔한 문장의 전형이다.

이 작은 방에서 몸을 돌려 앉으면

방위가 바뀌고 명암이 달라지지.

구도란 생각을 바꾸는 데 달린 법,

생각이 바뀌면 그 뒤를 따르지 않을 것이 없지.

4

외안(外眼)과 내안(內眼)

贈鄭在中

눈[眼]에는 두 가지가 있다.

하나는 외부를 보는 눈이요, 다른 하나는 내부를 보는 눈이다.

외부를 보는 눈으로는 외부의 사물을 살피고, 내부를 보는 눈으로는 이치를 살핀다.

그런데 어떤 사물도 이치가 없는 것이 없고, 또 외부를 보는 눈은 현혹되기 쉬우므로 반드시 내부를 보는 눈에 의해 바로잡혀야만 한다. 따라서 내부를 보는 눈이 더 온전하다.

게다가 외물(外物)이 눈앞에 뒤섞여오면 그로 인해 마음이 바뀌게 되므로, 외물이 되레 내면에 해를 끼친다.[1] "장님이던 처음 상태로 나를 돌려다오."라고 말한 옛사람이 있었던 이유가 바로 여기에 있다.

재중(在中)은 올해 나이 마흔이 되었다. 40년 세월 동안 눈으로 본 바가 적지 않을 것이다. 비록 지금부터 시작하여 여든 살 노인에 이른다 해도 예전에 본 것과 다르지 않을 터, 뒷날의 재중이 현재의 재중과 다르지 않을 것임을 미루어 알 수 있다.

다행스럽게도 재중은 외부를 보는 눈에 장애가 있어 사물을 보는 데 방해를 받고, 오로지 내부를 보는 능력만을 얻었으므로 더욱 밝게 이치를 터득할 것이다. 그러므로 뒷날의 재중은 오늘날의 재중과는 분명 같지 않을 것이다.

사정이 이렇다면, 눈동자의 백태(白苔)를 없애는 처방은 말할 것도 없고, 금비(金篦)²로 각막을 깎아 눈을 뜨게 하는 치료조차도 원하지 않을 것이다.

---

1 이 구절은 정이천(程伊川)의 〈시잠(視箴)〉에 나오는 "눈앞에서 욕망이 어지럽게 시야를 가리면 마음이 다른 데로 옮아가는 법, 밖에서 욕망을 제어하여 그 내부를 편안히 하자."라는 글귀에서 따왔다.

2 금비는 황금으로 만든 작은 칼로 각막을 깎는 도구다. 《열반경》에 "맹인이 양의(良醫)를 찾아가자 의원이 금비로 그 각막을 깎았다."라는 말이 나온다.

내면을 가만히 들여다보는 시선

원제는 〈증정재중(贈鄭在中)〉이다. 정재중의 이름은 문조(文祚)이고 재중은 자나 호로 보인다. 그는 서울 사람이다. 이희사(李羲師)의《취송시고(醉松詩稿)》에 그를 병문안하러 갔다가 만나지 못하고 돌아와 애달파한 1783년 어름에 지은 시가 있고, 박제가는 〈정문조에게(與鄭生員文祚)〉란 편지글을 쓴 일이 있다.

정재중은 분명 나이 마흔의 시각장애인이었을 것이다. 재중(在中)은 '안에 있다'는 의미로, 이는 그가 장님이란 사실과 관계가 있다. 이용휴는 그를 위로하는 차원에서, 정작 인간에게 중요한 것은 외물을 보는 눈이 아니라 이치를 발견하는 눈, 즉 내부를 보는 눈이라고 했다. 밖을 보지 못하는 불행을 위로하는 말을 절묘하게도 보편적인 논지로 확산시켰다. 즉 구체적 외물에 현혹되어 흔들리는 인간의 판단을, 내부를 응시하는 힘으로 치료한다는 주장을 내세웠다.

이 글에서 그는 "장님이던 처음 상태로 나를 돌려다오."라는 옛사람의 고사를 원용한다. 이 고사는 일종의 역설이다. 이 말은 연암 박지원의 글에 다시 원용되어 중요한 의미를 발산한다. 박지원의 〈창애에게(答蒼厓)〉란 편지에 갑자기 눈을 뜬 장님이 길을 헤매자 길을 제대로 찾기 위해 "도로 눈을 감고 가라."고 한 대목이 보이며, 〈소완정기(素玩亭記)〉에서는 "눈으로 보지 말고 마음으로 비추어 보라!"고 주문했다. 박지원의 산문은 이용휴의 소품 정신과 맥이 닿아 있다. 그 후에 김정희도, 실명한 승려를 위해 써준 〈제월스님의 눈을 위한 계송(霽月老師眼偈)〉에서 이 점을 강조했다.

결국 이 글의 주제는, 세상의 지성은 모두 외안의 압제에서 벗어나지 못하므로 이제는 너만이라도 내안을 위한 공부를 하라는 주장에 실려 있다. 눈을 통한 외부 세계의 유혹에 흔들리지 말고 내부의 주체성과 내면의 진리를 지킬 것을 강조한 글에서 현대적 감각이 느껴진다.

....

5

나 자신으로 돌아가자

還我箴

처음 태어난 그 옛날에는
천리(天理)를 순수하게 따르던 내게
지각이 생기면서부터는
해치는 것이 분분히 일어났다.

지식과 견문이 나를 해치고
재주와 능력이 나를 해쳤으나
타성에 젖고 세상사에 닳고 닳아
나를 얽어맨 굴레에서 벗어나지 못했다.

성공한 사람을 받들어

어른이니 귀인이니 모시며
그들을 끌어대고 이용하여
어리석은 자를 놀라게도 했다.

옛날의 나를 잃게 되자
진실한 나도 숨어버렸다.
일 꾸미기를 좋아하는 자가 있어
돌아가지 않는 나의 틈새를 노렸다.

오래 떠나 있자 돌아갈 마음 생겼으니
해가 뜨자 잠에서 깨는 것 같았다.
홀쩍 몸을 돌이켜보니
나는 벌써 옛집에 돌아와 있다.

보이는 광경은 전과 다름없지만
몸의 기운은 맑고 평화롭다.
차꼬를 벗고 형틀에서 풀려나서
오늘은 살아난 기분이구나!

눈이 더 밝아진 것도 아니고
귀가 더 잘 들리지도 않으나
하늘에서 받은 눈과 귀가

옛날같이 밝아졌을 뿐이다.

수많은 성인은 지나가는 그림자니
나는 내게로 돌아가리라.[1]
적자(赤子, 갓난아이)와 대인(大人)이란
그 마음이 본래 하나다.

돌아와도 신기한 것 전혀 없어
다른 생각이 일어나기 쉽겠지만
만약 다시 여기를 떠난다면
영원토록 돌아올 길 없으리.

분향하고 머리 조아리며
신에게 하늘에 맹세하노라.
"이 한 몸 다 마치도록
나 자신과 더불어 살겠노라."

---

1 왕양명(王陽明)의《양명전서(陽明全書)》권20에 실린, 1527년에 쓴 시 〈장생(長生)〉에 "수
   많은 성인은 모두가 지나간 그림자일 뿐이요, 양지(良知)야말로 내 스승이다."라는 구절이
   보인다.

수많은 성인은 지나가는 그림자니

나는 내게로 돌아가리라.

적자(赤子)와 대인(大人)이란

그 마음이 본래 하나다.

자아 상실 시대의 자아 찾기

원제는 〈환아잠(還我箴)〉이다. 이 제목에는 "신득녕을 위해 짓는다(爲申生得寧作)."라는 단서가 첨부되어 있다. 자(字)가 환아(還我)인 신의측(申矣測)이라는 제자에게 준 잠언이다. 신의측은 작자의 아들 이가환이 〈환아소전(還我小傳)〉을 지어주기도 한 인물이다. 그는 포교의 아들로서 남에게 묻기를 좋아한 성품을 가져, 스승이 대답을 신통치 않게 하면 바로 다른 스승을 찾아갔고, 나중에는 서당의 훈장이 되어 학생을 가르쳤다고 한다. 원래의 문장은 잠(箴)의 형식이므로 운문에 가깝다.

요지는 '나 자신에게로 돌아가자(還我).'라는 것이다. 유아기 어린 시절의 순수한 모습은, 성장하면서 문명의 세례와 윤리의 속박, 현세적 출세욕 아래 제 모습을 잃어간다. 기성세대들이 바라는 세속적 성공은 바로 '나 자신의 상실'을 전제로 하여 얻어지는 전리품이다. 현실 사회에서 강요되는 교육과 윤리의 궁극적 목표는 바로 그런 세속적 성공에 맞추어져 있다. 진정 자기다운 삶이란 그런 세속적 성공을 의미하지 않는다는 것이다.

그러므로 순연한 천리를 보전한 '본래의 나[故我]'—'진정한 나[眞我]'를 의미한다—를 되찾자고 했다. 나를 찾았다고 해서 물리적 이득이 오는 것도 아니고, 신기한 현상이 일어나는 것도 아니다. 그러나 자유롭고 행복한 삶을 누리며 살 수 있다. 그는 외물의 욕망에 흔들려 자기 정체성을 잃지 말고 자신을 지키며 살자고 다짐하는 것으로 글을 맺었다. 자기 존재의 귀중함을 강조한 이 글은 주자학과는 다른 철학(양명학)을 담고 있다.

6

이제는 한가롭겠구려

祭蒨叟文

아무 해 아무 달 아무 날에 정수 노인을 묻었다.

그때 일가로서 나는 술잔을 들어 그를 마지막으로 보내며 말했다.

"공(公)께서는 세상에 있을 때도 늘 세상을 싫어했지요. 이제 영영 가는 곳은 먹을 것 입을 것 마련하는 일도 없고, 혼례나 상례의 절차도 없고, 손님 맞고 편지 왕래하는 예법도 없고, 염량세태(炎涼世態)나 시비 따지는 소리도 없는 곳일 게요. 다만 맑은 바람과 환한 달빛, 들꽃과 산새 들만이 있겠지요. 공께서는 이제부터 영원히 한가롭겠구려."

내 심정을 이해하는 사람의 말이라고 공은 분명 고개를 끄덕이겠지요.

흠향하소서.

감정을 절제한 제문 속 인생의 고단함

원제는 〈제정수문(祭趙叟文)〉으로 88자에 불과한 짧은 글이다. 정수는 다른 호가 졸은(拙隱)으로, 이용휴·이병휴와 자주 시를 주고받은 친척이다. 벼슬하지 않은 채 한평생을 한양에서 살았고, 작은 시집이 남아 있다. 이 제문은 애도하는 말도, 슬퍼하는 마음도 표현하지 않았고, 흔한 이력이나 행적도 나열하지 않았다. 다만 친척의 입장에서 독백 비슷한 넋두리를 썼다. 제문으로는 몹시 파격적이다. 영결사는 남들처럼 상투적이지 않다. 고작 의식주의 해결, 혼상(婚喪)의 처리, 빈객(賓客) 맞고 서신 왕래하는 일상사, 염량세태라는, 한 인간이 피할 수 없이 겪어야 하는 고단한 재세시(在世時)의 일상을 제시할 뿐이다. 망자는 그런 일상에 부대끼다 죽었고, 그것은 평범한 인간에게 피할 수 없는 운명이다. 작가는 그에게 이제는 "맑은 바람과 환한 달빛, 들꽃과 산새 들"과 어울려 지낼 테니 영원히 한가롭겠다고 하여, 죽음이 오히려 삶보다 낫다고 했다. 생각해보면 죽음으로 잃는 것도 많지만 얻는 것도 많다. 그럭저럭 살아가는 인생의 힘겨움에 깊은 한숨을 내뱉게 하는 글이다.

7

남을 따라 산다

隨廬記

바람이 동쪽으로 불면 나도 동쪽으로 향하고, 바람이 서쪽으로 불면 나도 서쪽으로 향한다. 세상이 휩쓸려가는데 따르지 않고 피할 이유가 어디에 있으랴?

길을 걸으면 그림자가 뒤를 따르고, 소리를 외치면 메아리가 뒤를 따른다. 그림자와 메아리는 내가 있기에 생겨난 것이니 무슨 수로 피하겠는가?

그렇다고 하여 묵묵히 앉은 채 한평생을 마칠 것인가? 그럴 수는 없다.

어째서 까마득한 옛날의 의관(衣冠)을 갖추어 입지 않는 것이며, 중국의 언어를 사용하지 않는 것인가? 요사이 유행하는 옷을 따라 입기 때문이요, 제 나라의 풍속을 따라 말하기 때문이다. 이는 수많은 별이 하늘의 운행에 따라 움직이고, 온갖 냇물이 대지를 따라 흐르는 이치와 같다.

반면에 자연의 추세를 따르지 않고 스스로 운명을 개척하는 경우도 없지 않다. 천하가 모두 주(周)나라를 종주(宗主)로 섬겨 따랐음에도 백이숙제(伯夷叔齊)는 그것을 부끄럽게 여겼고, 모든 꽃이 가을에 시들어 떨어질 때도 소나무와 잣나무는 푸른 빛을 잃지 않는 것이 바로 그런 경우다.

아! 우(禹)임금도 풍속을 따라 바지를 벗었고,[1] 공자도 남을 따라 사냥을 하고 잡은 짐승을 비교해보았다.[2] 대동(大同)하는 마당에 시세를 위배할 수는 없었기 때문이다.

그렇다고 남들 하는 대로 따르기만 할 것인가? 아니다! 마땅히 이치를 따라야 한다. 이치는 어디에 있는가? 마음에 있다. 범사(凡事)에 반드시 자기 마음에 물어보라! 마음이 편안하면 이치가 허락한 것이요, 마음이 편안하지 않으면 이치가 허락하지 않은 것이다. 이렇게만 한다면, 따라서 행하는 일이 올바르고 하늘의 법칙에 절로 부합할 것이며, 마음의 요구에 따라 행동해도 기수(氣數)와 귀신(鬼神)이 모두 그 뒤를 따를 것이다.

---

1 중국 고대의 제왕인 우임금이 나체국에 들어갈 때는 나체였다가 나올 때는 옷을 입었다고 한다. 《여씨춘추(呂氏春秋)》에 나온다.

2 공자가 노나라에서 벼슬할 때, 노나라 사람들이 사냥하고서 잡은 짐승을 비교하자 공자도 그들을 따라서 같이했다. 《맹자(孟子)》〈만장하(萬章下)〉에 나오는 내용이다.

....

처세에 대한 현명하고 명쾌한 답변

누군가가 자기 집에 '따라서 사는 집'이라는 의미의 '수려(隨廬)'라는 편액을 걸고 작자에게 글을 구했다. 집주인이 세상을 따라서 살겠다고 마음 먹었음이 분명하다. 그는 자기 멋대로 살다가 좋은 꼴을 보지 못하고 이제부터는 남들 하는 대로 따라 살 것이라고 다짐하며 이런 이름을 붙였으리라.

그런 그에게 다른 말을 할 수는 없다. 혜환은 세상을 따르지 않을 수 없다고 단언한다. "대동(大同)하는 마당에 시세를 위배할 수는 없는" 일이기 때문이다. 그렇다고 맹목적으로 뒤따라갈 수도 없는 일, 어떻게 해야 하는가? 이치에 합당한 일만을 따라야 한다. 그렇다면 그 이치는 어디에 있는가? 자기 마음에 있다. 곧 양심에 비추어보아 옳은 일이라면 세상의 추이를 따라 행해도 무방하다. 세상사를 따르되 합당한 기준을 가져야 한다는 말이다.

이 글은 처세의 갈등을 요령 있게 전개했다. 세상이 돌아가는 대로 따라서 살 것인가? 아니면 자기 생각대로만 살아갈 것인가? 어느 시대 누구에게나 있을 법한 고민을 잘 읽고서 길을 제시했다.

....

8

하루가 쌓여 열흘이 된다

當日軒記

사람들이 당일(當日)이 있음을 모르는 데서부터 세도(世道)가 그릇 되었다. 어제는 이미 지나갔고 내일은 아직 오지 않았으므로, 무언 가를 해야 한다면 오로지 당일이 있을 뿐이다. 이미 지난 시간은 다 시 회복할 방법이 없고, 아직 오지 않은 시간은 아무리 3만 6000일 이 연이어 다가온다 하더라도, 그날은 그날에 마땅히 해야 할 일 이 있으므로 실제로는 그다음 날까지 손쓸 여력이 없다.

참으로 이상하게도 저 한가할 한(閑)이란 글자는 경서(經書)에도 실려 있지 않고 성인도 말씀하지 않으셨건만, 그것을 핑계로 사람 들은 세월을 허비한다. 이로 말미암아 우주에는 제 직분대로 일하 지 않는 사람이 많이 생겼다.

또 이렇다. 하늘 자체가 한가롭지 않아서 늘 운행하고 있거늘,

사람이 어떻게 한가하게 여유를 즐길 수 있단 말인가?

그러나 당일에 행할 일이 사람마다 똑같지는 않다. 착한 사람은 착한 일을 행하고, 착하지 않은 사람은 착하지 않은 일을 행한다. 따라서 운수가 사납건 좋건 간에, 하루는 시간을 쓰는 사람 하기에 달려 있다.

하루가 쌓여 열흘이 되고 한 달이 되고 한 계절이 되고 한 해가 된다. 한 인간을 만드는 것도, 하루하루 행동을 닦은 뒤에야 크게 바뀐 사람에 이르기를 바랄 수 있다.

지금 신군(申君)이 몸을 수행하고자 하는데 그 공부는 오직 당일에 달려 있다. 그러니 내일은 말하지 마라!

아! 공부하지 않은 날은 아직 오지 않은 날과 한가지로 공일(空日)이다. 그대는 모름지기 눈앞에 환하게 빛나는 이 하루를 공일로 만들지 말고 당일로 만들어라!

········

식상하지 않게 교훈 말하기

읽으면 읽을수록 깊은 맛이 우러나는 글이다.

신군은 〈나 자신으로 돌아가자(還俄箴)〉의 신의측일 것이다. 그런 그가 당일헌이란 이름의 집에 걸어둘 글을 청했다. 작자는 그에게 내일을 핑계 대어 해야 할 일을 미루지 말고 오늘 당장 실천하라는 취지의 글을 써주었다. 교훈을 말하되 식상하지 않게 말한 점이 인상적이다.

이용휴의 외손자인 이학규는 김해에서 지인에게 이런 편지를 보냈다.

"오늘은 어제의 내일이요 내일의 어제다. 어제는 이미 지나갔고 내일은 아직 오지 않았다. 네게 진시황이나 한 무제보다도 열 배나 더한 권능과 위력을 넉넉하게 베풀었으므로 결코 한 시각도 미루는 짓을 해서는 안 된다. 우리가 쓸 수 있는 권한은 눈을 꿈적하고 숨을 들이쉬는 찰나의 순간에 불과한 것이다."

외할아버지가 글에서 말하고 있는 태도와 언어가 외손자의 글에도 깊이 배어 있다.

··········

9

살아 있는 벗을 위한 묘지명

許烟客生誌銘

허연객(許烟客)은 이름이 필(佖)이고, 자는 여정(汝正)인데, 공암(孔
巖) 허씨(許氏) 세가(世家) 출신이다. 연객은 젊어서부터 맑고 고왔
고, 자태와 행동거지가 넉넉했다. 성품은 온화하고 논변을 잘했으
며, 소탈하면서도 주견이 있었다. 대화를 나누고 해학을 즐길 때에
는 그 목소리와 기상이 남에게 즐거움을 주어서 그를 사랑하지 않
는 사람이 없다. 형인 자상(子象) 허일(許佾)과는 기질과 취미가 같
아서 한 몸같이 지냈다. 자상은 《주역》 읽기를 좋아한 반면 연객
은 시 읊조리기를 좋아한 것이 둘 사이의 다른 점이다. 또 기예(技
藝)에 능해서 전서(篆書)와 예서(隷書)를 잘 썼으며, 사황육법(史皇
六法)에 통달했다. 그러나 그 기예를 깊이 배우려 하지 않고, "이것
은 사람을 종처럼 부리니 나를 고생만 시킬 뿐이야."라고 펑계를

됐다.

집안이 가난하여 쌀독이 자주 비어도 태연자약했다. 반면 고기(古器)나 명검(名劍)을 만나기만 하면 그 자리에서 입고 있던 옷을 벗어 바꾸었다. 남이 물정을 모른다고 비웃기라도 하면, "나 같은 자가 물정을 모르지 않으면 누가 물정 모르는 사람이 되겠소?"라고 대꾸했다.

뜰에는 오래된 녹나무가 서 있고, 섬돌에는 아름다운 국화가 죽 심어져 있다. 그 사이에서 소요하며 세상사는 묻지를 않았다. 늘 말하기를, "내가 밖에 머물며 안을 돌아보지 않는 것은 처 김씨(金氏)가 있어서요, 안에 머물며 밖을 돌아보지 않는 것은 아들 점(霑)이 있어서라."고 했다. 아내가 죽자 재취(再娶)하지 않고 집안일을 모두 아들 점에게 맡겼다. 연객은 숙종 임금 기축년(己丑年)에 태어나 나이 스물둘에 진사(進士)가 되었다. 지금 나이 쉰셋이다.

어느 날 갑자기 나에게 말하기를, "나는 요행히 자네와 같은 세상에 살고, 또 자네와 친한 사이지. 내가 죽으면 아들놈이 분명 묘비 문자로 자네를 괴롭힐 것이야. 죽어서 묘비 문자로 자네를 괴롭히느니 차라리 살아 있을 때 인생사로 자네를 괴롭히는 게 어떻겠나!" 했다. 그의 말에 동감하고서 드디어 그의 생을 기록하고 명(銘)을 짓는다.

명(銘)에 말한다. 여름 이후로는 점차 음(陰)에 속하고, 오시(午時) 이후로는 점차 저녁에 속하며, 중년 이후로는 점차 죽음에 속하는 법. 연객이 이를 알아 미리 준비를 하는구나. 내 연객에게 고하니, 달관한 듯 달관하지 못하여, 아직도 아는 것으로부터 자유롭지 못했소. 먼 과거로부터 현재까지가 자네의 나이요, 아름다운 산 아름다운 물이 그대의 거처요, 빠지지 않은 치아와 머리털이 그대의 권속(眷屬)이요, 애환(哀歡)과 행불행(幸不幸)이 그대의 이력이라. 이용휴가 명을 짓고 강세황(姜世晃)이 글씨를 썼으니 이것이 죽지 않은 자네일세.

있는 그대로의 삶을 그린 묘지명

허필(1708~1768)이란 시인이자 화가의 생지명(生誌銘)이다. 생지명이란 살아 있는 사람을 위한 묘지명이다. 망자를 위한 묘지명을 살아 있는 사람을 위해 쓴다는 것 자체가 특별한 일인데, 18세기 이후 작가들은 살아 있는 벗의 생지명을 서로 써주는 것을 풍류운사(風流韻事)로 생각했다. 파격과 일탈의 글이기에, 망자에 대한 예찬과 가계 및 행적을 늘어놓는 평범한 묘지명을 답습하지 않았다. 주인공의 특이한 삶과 성격을 잘 부각시키는 생지명의 특징이 잘 나타나 있다.

허필은 임희성(任希聖, 1712~1783)에게도 생지명을 써달라고 부탁했는데, 임희성은 이를 거절했다가 죽기 직전에 〈허여정연객시집서(許汝正烟客詩集序)〉로 대신 써준 일이 있다. 허필은 독특한 예술가였다. 담배를 너무 좋아하여 호를 연객(烟客)이라 했다. 혜환은 허필이 죽은 뒤 여러 편의 시를 지어 그를 추모했다. 그 가운데 한 편을 든다.

> 허약함은 옷도 추스리지 못하지만
> 용기는 만 사람을 대적했지.
> 마음을 정하면 벌떡 일어나
> 금강산 정상을 바로 올랐다.

3

그 자체로 문체가 된 이름, 박지원

박지원

박지원(朴趾源, 1737~1805)은 근대 이전 산문의 역사에서 가장 큰 명성과 높은 위상을 차지한 산문가다. 본관은 반남(潘南)이고, 자는 중미(仲美), 호는 연암(燕巖)이다. 살아생전부터 인기를 누린 문제적 작가로서 동시대와 후대의 산문에 큰 영향을 끼쳤다. 문학 분야에서 문호(文豪)로 일컬어질 뿐만 아니라 외국의 선진 문물을 수용하여 부국강병을 꾀할 것을 주장한 북학(北學) 사상가이기도 하다. 노론 명문가 출신으로 과거 보기를 포기하고 연구와 창작에 전념했는데, 그의 문장을 높이 평가한 정조의 특별한 배려로 장년 이후 안의 현감, 면천 군수, 양양 부사를 역임했다.

젊은 시절 종로의 백탑(白塔) 주변에서 이덕무를 비롯한 일군의 지식인 문사들과 어울려 소품문에 심취하고 북학 사상을 교감했다. 특히, 1780년 박명원(朴明源)의 종사관으로 북경을 여행하고 돌아와 《열하일기(熱河日記)》를 저술했다. 이 책은 연암의 문학과 사상을 높은 수준으로 보여준 명작이다.

연암 산문은 그만의 개성이 넘치는 문체를 보여 이른바 연암체(燕巖體)라 불렸다. 문체는 매우 다양하지만 다음 몇 가지로 정리해볼 수 있다. 첫째, 대상에 대한 다면적 접근과 입체적 묘사, 둘째, 격식과 투식, 진부하고 상투적인 글자와 어투의 배격, 셋째, 얕고 들뜬 문장, 용렬하고 속된 병통의 제거, 넷째, 비유와 반어, 속어의 빈번한 사용, 다섯째, 장난기와 유머의 분위기가 많은 점을 꼽을 수 있다. 공허하고 화려하기만 한 글과도 구별되고, 격식을 잘 따른 일반 문장과도 다르다. 파격적인 수사와 작법을 구사한 기발한 글이 주축을 이룬다.

연암은 정통적 문장의 법도를 탁월하게 재해석하여 구사함으로써 훌륭한 고문가(古文家)로 대접받았다. 연암의 산문은 틀에 박히고 식상한 내용을 담은 문장과는 크게 다르다. 한편으로는 그 한계를 벗어나 새 주제와 작법을 구사하여 참신한 소품문을 창작함으로써 빼어난 소품가로서도 인정을 받았다. 그는 소품문 작가이면서도 고문가로서 양쪽에서 크게 인정을 받았다. 그가 주장한 법고창신(法古創新)의 논리는 고문과 소품문의 창작을 개성 있게 해석하여 창작하려는 문체 변혁의 시도다.

연암은 소품문을 부정적으로 언급하기도 했으나 젊은 시절 소품 창작에 기운 사실을 스스로 인정했고, 독자들도 그 점을 의심하지 않았다. 연암은 다음과 같이 고백한 적이 있다. "사람들은 사마천(司馬遷)과 한유(韓愈)를 따른 글을 읽으면 바로 눈꺼풀이 묵직해져 졸음이 오지만, 원굉도(袁宏道)와 김성탄(金聖歎)을 따른 글을 보면 눈이 번쩍 뜨이고 마음이 즐거워 전파하고 칭송한다. 그래서 내 문장을 원굉도와 김성탄의 소품이라고 일컬으니 이는 실상 세상 사람들이 그렇게 만들었다."[1] 여기서 사마천과 한유의 문장은 고문을, 원굉도와 김성탄의 문장은 소품문을 대변한다. 연암이 기대하는 평판과는 무관하게, 그는 소품문을 창작한 작가로 자리매김했다.

이렇듯이 연암은 그만의 독자적 문체를 구사한 작가다. 고문과 소품문의 구분이라는 것이 무의미하여 연암의 독특한 개성이 담긴 산문으로 이해하는 것이 바람직하다. 연암 산문의 특징은 다양한 관점에서 논의가 되었으나 구한말 송백옥(宋伯玉)의 다음 글이 간명하게 밝혀놓았다.

"연암 박 선생은 재주와 정감을 종횡으로 펼쳐서 읽지 않은 책이 없고, 탐구하지 않은 이치가 없다. 옛것도 아니고 지금 것도 아닌 문장을 창조했다. 붓이 날래져 먹물을 듬뿍 묻혀 마음을 표현하면 핍진하게 묘사해 상스러움도 잊었고, 글자를 구사하면 법에 맞지 않아도 문득 고아하게 바뀌었다. 비록 길거리의 상말이나 골목의 속담이라서 남들은 가져다 쓰려 하지 않고 형용하지 못하는 것이라도 연암만은 허황됨을 장식하여 사실로 만들었고, 썩은 것을 변화시켜 새것으로 빛이 나게 했다."[2]

글을 쓰는 소재가 무엇이든지 연암이 그만의 색채를 가지고 참신하고 생생한 문장으로 창조했다는 것이다. 작가로서의 뛰어난 역할에 대해 깊이 찬탄하고 있다. 전체적으로 그의 산문은 분세질속(憤世疾俗, 세상에 울분을 느끼고 풍속을 싫어함)의 감정을 주조로 진실한 생활의 체험이 신선하게 표현되어 있다. 문집 《연암집(燕巖集)》에 작품이 모여 있다.

---

1   유만주, 《흠영》, 제22책, 1786년 11월 26일조.

2   송백옥, 〈연암박선생집문초인(燕巖朴先生集文鈔引)〉, 《동문집성(東文集成)》 속3.

1

큰누님을 보내고

伯姊贈貞夫人朴氏墓誌銘

유인(孺人)¹의 이름은 아무개로 반남(潘南) 박씨(朴氏)다. 그 동생 박지원 중미(仲美)가 묘지명을 지었으니 다음과 같다.

유인은 나이 열여섯에 덕수(德水) 이택모(李宅模) 백규(伯揆)²에게 시집을 가서 딸 하나 아들 둘을 두었다. 신묘년(1771) 9월 1일에 돌아가 마흔세 살을 살았다. 남편의 선산이 아곡(鴉谷)³이라 그

---

1 남편이 벼슬하지 않은, 죽은 여자를 부르는 명칭이다.
2 이택모(1729~1812)는 연암의 자형으로 백규는 그의 자다. 저명한 학자인 택당(澤堂) 이식(李植, 1584~1647)의 현손이다.
3 현재의 경기도 양평군 양동면에 있는 지명으로 백아곡(白鴉谷)을 줄인 말이다. 이곳은 택당 이식이 아버지의 묘지를 모신 곳으로 이후 이 집안의 선산이 되었다.

곳의 경좌(庚坐) 방향 자리에 장사를 지낼 예정이었다.

그런데 백규가 어진 아내를 잃은 데다 가난하여 생계를 꾸릴 방도가 없는지라, 아예 어린 자식들과 계집종 하나를 데리고 솥과 그릇가지, 옷상자와 짐 보따리를 챙겨서 배를 타고 그 골짜기로 들어가버렸다. 상여와 함께 일제히 떠나는 새벽, 나는 두모포(斗毛浦)[4]에서 배를 타고 떠나는 그들을 배웅하고 통곡하고서 돌아섰다.

아아! 누님이 시집가던 날 새벽에 몸단장하던 모습이 흡사 어제 일만 같구나! 나는 그때 겨우 여덟 살이라, 벌렁 드러누워 발버둥을 치면서 말을 더듬으며 점잔 빼는 새신랑의 말투를 흉내 냈다. 누님은 부끄러워하다가 그만 빗을 떨어뜨려 내 이마를 때렸다. 나는 화가 나서 울음을 터뜨리고 분가루에 먹을 뒤섞고 거울에 침을 뱉어 문질러댔다. 그러자 누님은 옥으로 만든 오리와 금으로 만든 벌 노리개를 꺼내주면서 울음을 그치라고 나를 달랬다. 지금으로부터 28년 전 일이다.

강가에 말을 세우고 저 멀리 바라보니, 붉은 명정(銘旌)은 바람에 펄럭이고 돛대는 비스듬히 미끄러지는데, 강굽이에 이르러 나무를 돌고 난 뒤에는 모습을 감추어 더 이상 보이지 않았다. 그때 강가에 멀리 나앉은 산은 시집가던 날 누님의 쪽찐 머리처럼 검푸르고, 강물 빛은 그날의 거울처럼 보이며, 새벽달은 누님의 눈썹

---

4 중랑천이 한강과 만나는 지점에 있었던 나루터로 두뭇개라고 불렸다.

그때 강가에 멀리 나앉은 산들
시집가던 날 누님의 쪽찐 머리처럼 검푸르고,
강물 빛은 그날의 거울처럼 보이며,
새벽달은 누님의 눈썹처럼 보였다.

처럼 보였다. 빗을 떨어뜨리던 그날의 일을 눈물 속에서 생각하니 유독 어릴 적 일만이 또렷또렷하게 떠오른다. 그때는 또 그렇게도 즐거운 일이 많았고, 세월도 길게만 느껴졌다.

그사이에는 늘 이별과 환난에 시달려야 했고, 빈궁에 시름 겨워했다. 그런 일들이 꿈속인 양 황홀하게 스쳐 지나간다. 형제로 지낸 날들은 어찌도 그렇게 짧았단 말인가?

떠나는 이 간곡하게 뒷기약을 남기기에
보내는 이 도리어 눈물로 옷깃을 적시네.
조각배는 이제 가면 언제나 돌아올까?
보내는 이 쓸쓸히 강 길 따라 돌아서네.

누구라도 눈물짓게 할 명문

연암이 큰누님을 잃고 쓴 제문이다. 이 제문은 두어 차례 개작되어, 현재 《연암집》에 실려 있는 것과 《종북소선(鐘北小選)》·《병세집(竝世集)》에 실려 있는 것은 문장과 내용이 꽤 다르다. 연암이 쓴 서정적 산문의 대표작으로 손꼽힌다.

이 글은 평범한 묘지명과는 확연하게 다르다. 일반적인 격식을 무시하고, 묘지의 주인공과 사적으로 맺은 사연, 그리고 시신을 보내고 난 뒤에 드는 느낌을 중심으로 구성되었다.

이 글의 핵심은 두 대목에 있다. 하나는 배를 떠나보내고서 홀연히 과거로 시선을 돌려 큰누님이 시집가던 날을 회상하는 대목이다. 누님이 시집가던 날을 굳이 회상한 것이 절묘하다. 둘 사이에 큰 이별이 두 번 있었다. 누님의 죽음이 형제간의 마지막 이별이라면, 시집가던 날은 첫 번째 이별이다. 마지막 이별의 순간에 첫 번째 큰 이별 장면이 떠오르지 않을 수 없다. 그날의 정경 묘사가 너무도 선명하게 각인되기 때문에 이덕무가 "정겨운 사연이 눈에 완연히 드러나 남들조차 하마터면 눈물방울이 싸라기눈처럼 쏟아지게 만들 뻔했다."[5]라고 평가한 것처럼, 독자로 하여금 눈물을 쏟게 만든다.

---

5   이덕무 평선(評選), 《종북소선(鐘北小選)》, 필사본, 개인 소장.

다른 하나는 누님의 시신을 태운 배가 사라지고 난 다음 눈앞에 펼쳐진 정경을 묘사한 대목이다. 누님을 보내고 난 뒤 보이는 한강 주변의 풍경이 모두 누님의 생전 모습을 떠올리는 장면으로 오버랩된다. 참으로 정경교융(情景交融)의 전형을 보여주는 문장이다. 이덕무가 이 대목에 "지극히 슬프고 처량한 중에도 광경은 진실하고 게다가 새롭다."[6]라고 비평을 가했는데 그 묘미를 잘 짚어냈다.

이 글은 채 300자도 되지 않을 만큼 짧다. 글에 담긴 내용은 간단한 사실의 설명에 이어진 사연 한두 가지에 불과하다. 그러나 필설(筆舌)로 표현하지 못할 하고많은 사연이 담겨 있는 것처럼 느껴진다. 이덕무가 "문장이 300자도 채 되지 않건마는 감정의 실타래가 솟구쳐 나와 문득 수천 글자 문장의 기세가 나타난다. 이것이 바로 겨자씨에 수미산을 집어넣는 형국이라."[7]고 찬탄한 이유다.

한편, 이 글을 읽고 이덕무가 《종북소선》에서 다음과 같은 감상문을 남겼다. 그 감상문이 또 걸작이다.

친가의 집안일을 알려면 고모에게 물어보면 되고, 외가의 집안일을 알려면 이모에게 물어보면 된다. 그렇다면 고모나 이모가 없는 사람은 어떻게 해야 할까? 그런 사람에게 만일 누님이 있다면 친가나 외가

---

6 앞의 책.
7 앞의 책.

의 집안일을 모두 알 수 있다.

게다가 만약 늦둥이라서 할머니와 외할머니를 모실 기회가 없었고, 또 불행히도 어려서 어머니를 여읜 사람이라면, 어쩔 도리 없이 누님을 찾아가서 집안의 옛일을 물어볼 수밖에 없다. 그러면 누님은 눈물을 흘리면서 가르쳐줄 것이고, 또 슬픔에 잠겨서 말해줄 것이다.

그러면서 이렇게 말하리라.

"아무 동생 눈매는 할머니 눈매를 닮았고, 아무 동생 목소리는 외할머니 음성을 닮았지. 우리 어머니의 웃는 모습은 네가 꼭 빼닮았단다."

한편으로 내가 어렸을 때 내 머리를 빗겨준 이도 우리 누님이고, 내 세수를 시켜준 이도 우리 누님이다. 나를 업어준 이도, 나를 안아준 이도 역시 우리 누님이다. 내가 장가를 갔을 때 내 아내를 이끌고 간 이도 우리 누님이다. 누님이 시집을 갔을 때 나는 자형(姊兄)이 된 새신랑에게 절을 했다. 내가 누님을 뵈러 가면, 누님은 반드시 반갑게 맞아서는 배고프겠다고 하면서 밥을 자꾸 퍼주고, 춥겠다고 하면서 술을 데워 내오리라. 이름은 누님이라고 하나 실은 우리 어머니를 뵙는 듯했다.

나는 본래 누님도 없고, 할머니도 외할머니도 뵌 적이 없다. 더군다나 어머니를 어려서 여읜 사람이다. 그래서 일부러 누님이 있는 사람은 그리했으리라 상상하면서 서글퍼하곤 했다.

박지원 선생의 큰누님을 위한 묘지명을 읽고 나자 하마터면 통곡이 터져 나올 뻔했다.[8]

이 감상문은 박지원의 이 글이 지닌 내면을 자신의 체험에 연결하여 매우 잘 소화했다. 읽는 사람의 처지와 체험에 따라 제각각 다르지만 눈물을 빼게 만드는 명문임이 분명하다.

··········

8 이덕무, 〈미평(眉評)〉, 앞의 책.

2

석치 정철조 제문

祭鄭石癡文

살아 있는 석치라면 함께 모여 곡도 하고, 함께 모여 조문도 하며, 함께 모여 욕도 해대고, 함께 모여 비웃기도 하련만.

몇 섬의 술을 마시고 서로들 벌거숭이가 되어 치고받으면서 고주망태가 되도록 크게 취해 함부로 이놈 저놈 부르다가 먹은 것을 게워내고 머리가 지끈지끈 아프고 속이 뒤집히고 눈이 어질어질하여 거의 죽을 지경이 되어서야 그만두련만.

이제 석치는 진정 죽었구나!

석치는 죽었다. 시신을 에워싸고 곡을 하는 이들은 석치의 처첩과 형제, 자손과 친척 들이니 정녕코 함께 모여 곡하는 이가 적지 않다.

그들의 손을 부여잡고, "귀한 가문의 불행입니다. 훌륭한 분께서 어찌 이런 일을 당하셨단 말입니까?"라며 위로한다. 뭇 형제와 자손들은 절을 하고 일어나 머리를 조아리며, "저희 집안이 흉화(凶禍)를 입었습니다."라고 대꾸한다. 그러면 이 친구 저 친구 이 벗 저 벗 서로서로 탄식하면서 "이 사람은 참으로 쉽게 얻을 수 없는 사람이라"며 한마디씩 한다. 그러니 정녕코 함께 모여 조문하는 이가 적지 않다.

석치에게 원한이 있던 이들은 "석치 이놈, 병들어 뒈져라!" 하고 사납게 욕설을 퍼붓던 터라, 석치가 죽었으니 욕설하던 자들의 원한은 벌써 갚은 셈이다. 죗값을 치르는 벌로 죽음보다 더한 것이 없으니.

세상에는 분명, 이 세상을 꿈인 양 환상인 양 여겨 사람들 틈에서 유희하며 사는 사람들이 있다. 그들이 석치가 죽었다는 말을 들으면, 분명코 그가 진짜 세계로 돌아갔다고 여겨, 크게 웃느라 입에서 밥알이 날아다니는 벌처럼 튀어나갈 테고, 갓끈이 썩은 새끼줄을 잡아당긴 듯 툭 끊어질 것이다.

석치가 정말 죽었구나. 귀바퀴는 벌써 문드러지고 눈알은 벌써 썩어서 정말 듣지도 못하고 보지도 못한다. 술을 따라 바쳐도 정말 마시지도 못하고 취하지도 못한다. 평소에 석치와 더불어 술을 마시던 술친구들은 정말 자리를 파하고 떠나고는 뒤도 돌아보지 않는다. 자리를 파하고 떠나고는 뒤도 돌아보지 않을 것이 분명하다면, 서로서로 모여서 큰 술잔 하나에 술을 따르고 제문을 지어서 읽어나 보세.

그를 아는 이의 진정한 애도

연암의 절친한 친구인 정철조는 1781년(정조 5) 12월 5일에 특별한 병도 없이 갑자기 죽었다. 그때 나이 52세였다. 그는 명문가 출신의 양반으로, 본관은 해주(海州)요, 자는 성백(誠伯), 호는 석치(石痴)다. 뛰어난 예술가 이자 천문학자요, 수학자이자 지도학자인 정철조가 죽자 친분이 있던 황 윤석(黃胤錫)은 사망 소식을 담담하게 《이재난고》에 남겨놓았다. 반면에 박지원은 제문을 지었고, 신택권(申宅權)은 〈정성백철조애사(鄭城伯哲祚哀 辭)〉를 지어 애도했다. 그의 개성 넘치는 삶은 내가 《벽광나치오》에 자세 하게 조사해 묘사했다.

현재 남아 있는 박지원의 글은 제문의 내용은 없어지고, 그 도입부만 전 한다. 그런데 그 내용이 매우 흥미롭고 파격적이다. 읽어보면 죽은 자를 애 도하는 평범한 제문이 아님을 금세 느낄 수 있다. 정인보 선생은 정철조의 삶을 시로 읊은 〈정석치의 노래(鄭石癡歌)〉에서, 정철조를 애도한 연암의 제문이 지나치게 장난기가 있다[太諧宕]고 말했고, 또 그 첫머리가 장난하 고 조롱하는 면[詼嘲]이 있다고 지적했다. 정인보 선생의 지적은 타당하다. 내가 조사한 정철조의 삶을 볼 때, 장난기와 조롱의 언사로 쓸 수밖에 없었 을 듯하다.

3

형언도필첩서

炯言桃筆帖序

아무리 작은 기예일지라도 다른 모든 것을 잊고서 매달려야만 이루어진다. 더구나 큰 도(道)를 이루려면 말해 무엇하랴!

최흥효(崔興孝)는 온 나라에서 글씨를 제일 잘 쓰는 사람이었다. 언젠가 과거에 응시하여 시권(試卷)을 쓰다가 왕희지(王羲之) 서체와 비슷한 글자 하나를 쓰고는 종일토록 그 글자를 들여다보았다. 그 글자를 차마 버리지 못하여 시권을 품에 안고 돌아왔다. 이쯤 되면 이해득실 따위를 마음에 두지 않는 사람이라 할 만하다.

이징(李澄)이 어릴 때 다락에 올라가 그림을 익히고 있었다. 집안사람들이 그가 어디 갔는지를 몰라서 사흘 동안이나 찾아서 겨우 발견했다. 아버지가 분노하여 종아리를 때렸더니 울면서도 바닥에 떨어진 눈물을 모아다가 새를 그렸다. 이쯤 되면 그림에 푹

빠져 영욕을 잊은 사람이라 할 만하다.

학산수(鶴山守)는 온 나라에서 노래를 제일 잘 부르는 사람이었다. 그런 그가 산속에 들어가 소리를 익힌 적이 있었다. 한 가락을 마치면 모래 한 알을 주워 나막신에 던지기로 하여 모래가 나막신에 가득 차야만 되돌아왔다. 그러던 어느 날 도적을 만나 곧 죽게 되었다. 바람결에 따라 노래를 부르자 뭇 도적이 모두 감동하여 눈물을 흘리지 않는 자가 없었다. 이쯤 되면 생사를 마음에 두지 않는 사람이라 할 만하다.

그 이야기를 처음 듣고서 나는 감탄이 흘러나왔다.

"큰 도가 흩어진 지 오래다. 어진 사람 좋아하기를 미인 좋아하듯 하는 이를 나는 본 적이 없다. 하지만 저들은 기예를 얻기 위해서라면 자기 목숨마저도 바꾸려들었다. 아! 이것이 바로 아침에 도를 들으면 저녁에 죽어도 좋다는 것이로구나!"

도은(桃隱)이 형암(炯菴)의 《총언(叢言)》 13칙(則)을 써서 한 권의 책자로 만들고서 내게 서문을 써달라고 부탁했다.

저 도은과 형암 두 사람은 오로지 마음이 향하는 것에 집중하는 사람일까? 아니면 기예를 연마하려는 사람일까? 두 사람이 생사와 영욕이 나뉨을 잊고서 이 경지에 이르렀으니 그에 쏟은 공력이 과도하지 않을까? 두 사람이 생사도, 영욕도 잊고 몰두한다면 앞으로는 도덕을 성취하는 일에 그렇게 하기를 바란다.

날카로운 여운을 남긴 비평

이 글은 필첩에 붙인 서문이다. 형암 이덕무가 쓴 《총언(叢言)》에서 13칙(則)의 글을 뽑아 도은이란 서예가가 정성 들여 써서 한 권의 필첩을 만들었다. 이 필첩은 현재 전하지 않으나 《총언》은 잡다한 말을 모았다는 책명에 언(言)이란 글자를 쓴 것으로 보아 청언집(淸言集)에 속하는 성격의 저술로 보인다. 도은은 누구의 호인지 알 수 없다. 이덕무의 청언이라면 대단히 흥미로운 내용일 테고, 도은의 글씨 수준은 매우 높았을 것이다. 한마디로 아름다운 글에 아름다운 글씨로 만들어진 수준 높은 필첩이었을 것이다. 그 필첩에 서문을 써달라는 부탁을 받은 연암은 그들이 도달한 기예를 칭찬해야만 했다. 어떻게 칭찬할 것인가?

연암은 기예에 능한 세 사람의 사례를 들었다. 최흥효와 이징과 학산수다. 서예, 회화, 음악 분야의 대가로 인정받은 사람들이다. 그들은 어떻게 대가의 반열에 올랐나? 이해득실, 영욕, 생사를 잊고 기예를 연마한 결과로 얻었다. 저들이 형암이나 도은과 무슨 관계인가? 연암은 형암과 도은도 저들처럼 부단한 연마를 통해 그 경지에 도달했다고 평가했다.

그런 최상의 평가를 내렸으면 그만이지만 연암은 글의 앞뒤에서 머리를 치켜들고 꼬리를 흔들었다. 목숨 걸고 기예를 연마한 그 노력을 도의 성취를 얻는 데 쏟으라는 것이다. 한편으로는 여전히 기예를 낮춰보는 시선이 깔려 있고, 최상의 가치를 도에 두는 태도가 엿보인다. 그 배치가 여운이 깊게 남는 문장의 인상을 남긴다.

4

말똥구리 시집

蜋丸集序

자무(子務)와 자혜(子惠)가 나가 놀다가 비단옷을 입은 소경을 보았다. 자혜가 구슬퍼져 탄식하며 말했다.

"슬프다! 제 몸에 걸치고서 제 눈으로 보지도 못하네."

그 말을 듣고 자무가 말했다.

"비단옷을 입고 밤길을 걷는 자하고 견주어보면 누가 나을까?"

드디어 함께 청허 선생(聽虛先生)을 찾아가 누가 나은지 물었다. 선생은 손사래를 치면서 "나는 몰라! 나는 몰라!"라고 했다.

옛날 황희(黃喜) 정승이 퇴근하여 집에 오자 딸이 맞아들이며 물었다.

"아버지는 이(蝨)를 알지요? 이는 어디서 생기나요? 옷에서 생기는 거죠?"

정승이 "그렇다."라고 답했다. 딸이 웃으며 "내가 분명 이겼다."
라고 했다. 이번에는 며느리가 물었다.

"이는 살에서 생기는 거 아닌가요?"

정승은 "네 말이 맞는다."라고 답했다. 며느리가 웃으며 "아버님
은 내가 맞는다고 하셨다."라고 했다. 그러자 부인이 화를 내며 말
했다.

"누가 대감을 지혜롭다고 할까! 옳고 그름을 다투는 일에 양쪽
이 다 옳다고 하다니."

정승은 빙그레 웃으며 이렇게 말했다.

"딸애랑 며느리랑 다 이리 와보거라. 대저 이는 살이 아니면 생
기지 않고, 옷이 아니면 붙어 있지 않는다. 그래서 양쪽의 말이 다
옳은 것이다. 하지만 장롱에 든 옷에도 이가 있고, 너희가 옷을 벗
고 있어도 가려운 때가 있다. 땀 기운이 모락모락 나고, 풀기가 푹
푹 찌면 옷과 살의 사이에 떨어지지도 않고 붙어 있지도 않은 곳
에서 이가 생긴다."

백호(白湖) 임제(林悌)가 말에 올라타려 할 때 종이 나서서 말했
다.

"나으리! 취하셨습니다. 한쪽은 가죽신이고, 한쪽은 짚신을 신
으셨네요."

그러자 백호가 냅다 꾸짖었다.

"길 오른쪽을 가는 이는 내가 가죽신을 신었다고 할 테고, 길 왼쪽을 가는 이는 내가 짚신을 신었다고 할 게다. 내가 염려할 게 뭐냐."

이것으로 따져보면, 천하에서 발보다 쉽게 눈에 띄는 것이 없지만 보는 방향이 달라짐에 따라서 가죽신을 신었는지, 짚신을 신었는지도 분간하기 어렵다.

따라서 참되고 올바른 견해는 참으로 옳음과 그름의 중간쯤에 있다. 예컨대, 땀에서 이가 생기는 것은 지극히 미세하여 살펴내기 어렵기는 하지만 옷과 살 사이에 빈 공간이 있어서 떨어져 있지도 않고 붙어 있지도 않으며, 오른쪽도 아니고 왼쪽도 아니니 어느 누가 그 중간을 알아낼 수 있으랴?

말똥구리는 스스로의 말똥을 아낄 뿐 여룡(驪龍)이 머금은 구슬을 부러워하지 않는다. 여룡도 구슬이 있다고 하여 말똥구리의 말똥을 비웃지 않는다.

자패(子珮)가 이 이야기를 듣고서 기뻐하며 "이 말로 내 시집의 이름을 붙이면 좋겠다." 하고 마침내 시집에 낭환집(蜋丸集)이란 이름을 붙였다. 그리고 내게 서문을 지어달라고 부탁했다. 나는 자패에게 이렇게 말했다.

"옛날에 정령위(丁令威)가 학이 되어 고향에 돌아왔을 때 알아보는 이가 아무도 없었으니,[1] 이것이 바로 비단옷을 입고 밤길을 가는 격[2]이 아닌가? 《태현경(太玄經)》이 널리 읽혔으나 저자인 양웅(揚雄)은 막상 보지 못했으니, 이것이 바로 소경이 비단옷을 입은 격이 아닌가?

　이 시집을 보고서 여룡의 구슬로 여기는 이들은 그대의 짚신을 본 격이고, 말똥으로 여기는 이들은 그대의 가죽신을 본 격이다. 그대의 시를 사람들이 알아보지 못한다면 이는 정령위가 학이 된 것과 같고, 시가 널리 읽히는 것을 자신은 막상 보지 못한다면 이는 양웅이《태현경》을 지은 것과 같다. 여룡의 구슬이 나올지, 아니면 말똥구리의 말똥이 나올지 오로지 청허 선생만이 판단하실 수 있을 것이니 내가 무슨 말을 하겠는가.”

1　정령위는 한(漢)나라 때의 요동 사람으로 신선이 되어 천 년 만에 학으로 변해 고향을 찾아가 화표주(華表柱)에 앉았다. 그러나 학으로 변한 정령위를 알아차리지 못하고 젊은이가 활로 쏘려고 하자 탄식하고 고향을 떠났다.(《수신후기(搜神後記)》)

2　항우(項羽)가 진나라의 아방궁을 함락하고 나서 “부귀하게 된 뒤 고향으로 돌아가지 않는다면 비단옷을 입고 밤길을 걷는 것과 같아서 누가 알아주리오?”라고 했다.(《사기(史記)》〈항우본기(項羽本紀)〉)

....

실상을 재구성하는 다양한 비유들

본래 제목은 〈낭환집서(蜋丸集序)〉로서 기하학자이자 시인인 기하(幾何) 유연(柳璉, 1741~1788)의 시집에 붙인 서문이다. 그는 유득공(柳得恭)의 숙부로 박제가의 절친한 친구이며 서유구의 스승이다. 기하의 시집 《기하실시고략(幾何室詩藁略)》 서두에 같은 내용이 〈길강전서(蛣蜣轉序)〉라는 제목으로 수록되어 있다. 길강전(蛣蜣轉)은 말똥구리의 다른 이름이다.

이 글에는 네 명의 인물이 등장하는데, 모두 실명이 아닌 가명을 쓰고 있다. 자무(子務)는 자가 무관(懋官)인 이덕무를, 자혜(子惠)는 자가 혜풍(惠風)인 유득공을, 자패(子珮)는 유연을, 청허 선생(聽虛先生)은 가상의 인물을 가리키는 것으로 보인다. 글은 그들의 대화로 구성되어 있는데, 그중에 또 황희 정승과 백호 임제의 옛이야기가 삽화처럼 들어가 있어 흥미롭고 변화가 있다.

이 글은 시집 서문이다. 그런데 일반적인 서문과는 내용과 글쓰기가 현격히 다르다. 작가를 소개하거나 작품의 특징을 평가하거나 작품집을 내는 동기 및 과정을 서술하는 일반적인 방식과는 동떨어져 있다. 대신 마치 장자의 우언(寓言)을 보는 듯이 비유와 대화가 전개되고, 선문답처럼 논리가 비약되고 있어 무엇을 말하려는지 언뜻 알 수 없다. 마지막에 그 비유들이 기하의 작품이 인정받고 기하가 그 현상을 확인하는 문제로 연결된다. 겉으로는 엉성해 보이나 앞뒤로 잘 짜인 구조다.

글에는 여러 종류의 비유가 등장한다. 비유는 모두 '사물과 현상을 어떻게 볼 것인가?'라는 관점의 문제와 연결된다. "참되고 올바른 견해는 참으로 옳음과 그름의 중간쯤에 있다."라고 밝혀서 어느 한쪽에 치우치지 않고 제 중심을 지키라고 말한다. "말똥구리는 스스로의 말똥을 아낄 뿐 여룡(驪龍)이 머금은 구슬을 부러워하지 않는다."라는 말은 명료한 주제 의식을 담고 있다. 남들의 평가에 휘둘리지 않고 전범이나 유행과 무관하게 자기 개성을 지닌 세계를 자긍심을 가지고 구현해가는 시인의 길을 말똥을 굴리는 말똥구리에 비유하고 있다. 기하는 그 때문에 시집 이름을 말똥구리 시집이라 붙였다.

● ● ● ● ● ● ● ● ● ●

5

주공탑명

塵公塔銘

주공(塵公) 스님이 입적한 지 엿새째 되는 날 적조암(寂照菴) 동쪽 마당에서 다비식을 거행했다. 장소는 온숙천(溫宿泉) 향나무 아래로부터 열 걸음도 떨어지지 않았다. 밤이면 항상 빛이 나타났는데, 벌레 등에서 나는 푸른빛과 물고기 비늘에서 나는 흰빛, 그리고 썩은 버드나무에서 나는 검은빛을 띠었다. 대비구(大比丘) 현랑(玄朗)이 무리를 이끌고 마당을 돌며 재계를 올리고 두려워 떨면서 공덕(功德)을 쌓겠노라 다짐했다. 그로부터 나흘 밤이 지난 후 대사의 사리 세 매를 얻었다. 그러자 사리탑을 세우고자 하여 글과 폐물을 갖추어 내게 탑명을 써 달라 요청했다.

나는 본디 불가(佛家)의 말을 잘 이해하지 못했다. 하나 그의 끈질긴 요청을 가상히 여겨 그에게 다음과 같은 질문을 던져보았다.

"현랑이여! 내가 예전에 병이 들어 지황탕(地黃湯)[1]을 복용했더랬소! 약탕기의 약을 짜서 사발에 따랐더니 거품이 뽀글뽀글 일어나 금빛 좁쌀 같기도 하고 은빛 별 같기도 하며, 또 물고기 부레나 벌집 같더이다. 거품에는 내 살갗과 머리털이 박혀 있어서 마치 눈동자에 비친 부처처럼 보였소. 거품마다 내 모습이 나타났고, 하나하나가 인성을 지닌 듯했소. 그러나 열이 식자 거품은 꺼져버렸고, 약을 마시고 나자 사발에는 아무것도 남아 있지 않았소. 그렇듯이 옛날 주공이 생생하게 살아 있었다고는 하나 어느 누가 그것을 증명하겠소?"

현랑이 머리를 조아리며 말했다.

"나로써 나를 증명하노니 저 모습과는 아무런 관계가 없습니다."

나는 크게 웃고 말했다.

"마음으로 마음을 본다고 하는데 그러면 마음이 몇 개나 된단 말인가?"[2]

그러고 나서 다음 시를 덧붙였다.

---

1 곪아서 염증이 생긴 데 쓰는 한약으로 숙지황과 구기자 등을 넣어 조제한다.
2 주희(朱熹)는 《회암집(晦庵集)》 권67 〈관심설(觀心說)〉에서 불교가 마음으로 마음을 봄으로써 입이 제 입을 씹고 눈이 제 눈을 보는 것처럼 하여 하나인 마음을 주체로서의 마음과 객체로서의 마음으로 분리했다고 비판했다.

구월이라 하늘에서 서리가 내려
모든 나무는 잎이 시들어 떨어진다.
나무 꼭대기 가지를 언뜻 보니
열매 하나 벌레 먹은 잎에 숨어 있다.
위는 붉고 아래는 누르고 퍼런데
씨가 드러나고 굼벵이가 반을 파먹었다.

아이들 얼굴 쳐들고 서서
손을 모아 앞다투어 따려 든다.
돌멩이 던지나 멀어서 맞추기 어렵고
장대를 이어도 높아서 닿지 않는다.

문득 바람에 흔들려 떨어졌는데
숲을 아무리 뒤져도 찾을 수 없다.
아이들 나무를 빙빙 돌면서 울고
공연히 까마귀나 까치에게 욕을 퍼붓는다.

내가 지금 아이들에 비유했거니와
그대 눈에서는 나무가 떠오르리라.
그대는 스승을 잃고 우러러만 볼 뿐
땅을 보고 주울 줄을 모르는구나.

열매가 떨어지면 반드시 땅바닥에 있나니
발아래 틀림없이 밟힐 것이다.
어째서 굳이 허공에서 찾으려는가?

참된 이치는 오히려 씨에 있어라.

씨를 일러 인(仁)이니 자(子)니 하는 것은
낳고 낳아 쉬지 않기 때문이다.
만약 마음으로 마음을 전한다면
주공 스님 사리탑에 가서 입증해보라!

열매가 떨어지면 반드시 땅바닥에 있나니

발아래 틀림없이 밟힐 것이다.

어째서 굳이 허공에서 찾으려는가?

참된 이치는 오히려 씨에 있어라.

허황된 욕망에 대한 비판

　연암이 젊은 시절에 지은 작품이다. 주공이란 승려가 사망하여 그 문도들이 다비식을 거행하고 사리를 수습하여 탑을 세우고자 했다. 문도가 사리탑에 쓸 글을 연암에게 요청하자 연암은 헛된 이름의 기념탑을 세울 필요가 없다는 취지로 글을 썼다. 당연히 칭송하는 내용으로 써야 할 글에 완전히 반대되는 취지로 쓴 엉뚱한 글이다. 그 점으로 볼 때 이 글은 실제로 탑에 새길 수 없는 성격이다. 그 때문에 이 글이 주공 문도의 부탁에 따라 지은 것이 아니라 주공에 가탁한 글로 볼 수도 있다.

　언뜻 보면 이 글은 탑이란 세속적인 기념물로 주공의 큰 행적을 증명하려는 불가의 관습을 비판하고 있다. 글에 나오는 '입증하다[證]'란 글자가 자안(字眼)에 해당한다. 일차적으로는 불가를 비판했으나 확장하면 유가(儒家)의 행태를 비판한 것으로 이해할 수 있다. 사실 기념비를 세우는 관습은 불가에서는 일부에 불과하고 유가는 크게 만연해 있었다. 이덕무가 "부처의 말을 빌려서 유가의 뜻을 표현했으니 글쓰기가 은밀하고도 완곡하다."라고 말한 취지도 여기에 있다. 인간의 실재함과 가치를 탑이니 비석이니 묘지명이니 하는 형식적이고 물질적인 물건이 '입증'할 수 있을까? 연암은 입증한다는 것 자체가 우스꽝스러운 욕망이라고 말한다. 이 글은 기념하려는 물건으로 영원한 이름을 얻고자 하는 세속적 욕망을 비판하는 보편적 주제를 담고 있는 것이다.

　그 보편적 주제가 바로 이 글의 핵심인 지황탕 비유와 명(銘)에서 펼쳐진다. 이 글의 주제는 이덕무가 《종북소선》에서 이 작품을 대상으로 가한 절묘한 평문(評文)에 잘 드러나 있다.

　　나는 〈주공탑명〉의 지황탕 비유를 읽고서 부연하여 다음 게송을 지었다.

　　"내가 지황탕을 복용하려 했더니 큰 거품이 일어나고 작은 거품이 퍼져서 거품마다 내 광대뼈와 이마가 박혀 있다. 큰 거품 하나에 내가 하나 들어 있고, 작은 거품 하나에 내가 하나 들어 있다. 큰 거품에는 큰 내가 들어 있고, 작은 거품에는 작은 내가 들어 있다. 거품 속의 나는 하나하나 눈동자가 있어서 그 눈동자마다 거품이 박혀 있다. 거품에는 다시 내가 있고 나는 또 눈동자가 있다. 내가 한 번 이맛살 찌푸렸더니 일제히 이맛살을 찌푸리고, 내가 한 번 비웃었더니 일제히 입을 벌려 웃으며, 내가 한 번 화를 냈더니 일제히 팔뚝을 휘두르고, 내가 한 번 잠을 청했더니 일제히 눈을 감는다. 그림 붓으로 묘사하려 한들 어디에 채색을 하고, 박달나무에 새기려 한들 어디에 조각하며, 금과 동으로 주조하려 한들 어디에서 풀무질하고, 몸뚱어리를 소상으로 만들려 한들 어디에 진흙을 붙이며, 얼굴을 자수로 짜려 한들 어디에 바느질을 할까? 나는 큰 거품을 걷어내고 다짜고짜 허리를 잡으려 했고, 나는 작은 거품을 뚫고서 서둘러 머리카락을 잡으려 했다. 순식간에 사발이 깨끗이 비워져 향기는 끊어지고 빛은 사라졌다. 백 개의 나와 천 개의 내가 소리도 형체도 없이 완전히 사라졌다. 아! 저 주공은 과거의 거품이요, 이 글을 지은 사람은 현재의 거품이며, 지금부터 백

년, 천 년 세월이 흐르는 동안 이 글을 읽는 자는 미래의 거품이다. 사람이 큰 거품에 비친 게 아니라 큰 거품이 큰 거품에 비친 것이요, 사람이 작은 거품에 비친 것이 아니라 작은 거품이 작은 거품에 비친 것이다. 큰 거품 작은 거품이 일어났다 사라지는 것이거늘 무엇 때문에 기뻐하고, 무엇 때문에 슬퍼할 것인가?"[3]

연암의 글이 지황탕 비유라면 이덕무의 평문은 거품론이라 할 만큼 거품의 인생철학적 의미를 멋진 글로 완성했다. 멋진 글에 뛰어난 평문이다.

···········

3 이덕무 평, 앞의 책.

6

하룻밤에 물을 아홉 번 건너다

一夜九渡河記

물은 두 산 사이에서 흘러나와 바위에 부딪혀 무섭게 싸운다. 그
놀란 파도와 소란스러운 물결, 분노한 물살과 성난 파도, 구슬픈
여울과 원망하는 급류는 내달리고 충돌하고 말아올리고 거꾸러지
며, 흐느끼고 포효하고 울부짖고 고함쳐서 언제나 만리장성을 밀
어 부수어버릴 기세다. 전차 만 승(乘)과 전기(戰騎) 만 대, 전포(戰
砲) 만 가(架)와 전고(戰鼓) 만 좌(座)로는 무너뜨리고 부수고 터뜨
리고 내리누르는 소리를 표현하기에 넉넉지 않다. 모래밭에 큰 바
윗돌은 우뚝하게 떨어져 서 있고, 강둑에 버드나무는 어둠 속에
거뭇거뭇 보였다. 마치 물귀신이 앞다퉈 나와서 사람을 놀래주려
하자 좌우에서 이무기들이 낚아채려고 애쓰는 모양이었다.

　누군가 이렇게 말했다.

"이곳이 옛날 전쟁터라서 강물이 저렇게 우는 게야."

하지만 이는 그런 것이 아니다. 강물 소리는 어떻게 듣느냐에 달려 있다.

내 집은 산중에 있다. 대문 앞에 큰 냇물이 있어 여름철만 되면 소나기가 한 번씩 지나간다. 그러면 냇물이 갑자기 불어서 전차와 전기, 전포와 전고 소리를 내고, 그 소리를 노상 듣다 보니 마침내 귀가 그 소리에 젖어들었다.

내가 언젠가 문을 닫고 누운 채 물건에 빗대서 소리를 들어보았다. 깊은 솔숲에 바람이 이는 소리가 났는데 이는 듣는 이가 고아했을 때이고, 산이 찢어지고 언덕이 무너지는 소리가 났는데 이는 듣는 이가 흥분했을 때이고, 개구리 떼가 다투어 울어대는 소리가 났는데 이는 듣는 이가 교만했을 때이고, 만 개의 축(筑)이 번갈아 연주하는 소리가 났는데 이는 듣는 이가 화가 났을 때이고, 천둥이 치고 번개가 번쩍이는 소리가 났는데 이는 듣는 이가 놀랐을 때이고, 찻물이 보글보글 끓어오르는 소리가 났는데 이는 듣는 이가 아취가 있을 때이고, 거문고가 웅숭깊게 어울려 연주하는 소리가 났는데 이는 듣는 이가 슬플 때이고, 문풍지가 바람에 떠는 소리가 났는데 이는 듣는 이가 의심이 많았을 때이다. 이 모든 소리는 듣는 이가 평정을 얻지 못했을 때 들은 결과로서, 단지 마음속으로 그러리라고 가정한 것을 귀가 소리로 만들어 들었을 뿐이다.

오늘 나는 밤중에 강 하나를 아홉 번 건넜다. 강은 변새 밖에서 나와서 장성을 뚫고 유하(楡河), 조하(潮河), 황화(黃花), 진천(鎭川)

의 여러 강과 합해지고 밀운성(密雲城) 아래를 거쳐 백하(白河)가 되었다. 나는 어제 배를 타고 백하를 건넜는데 바로 이 물의 하류였다.

내가 아직 요동에 들어오지 않았을 때는 한창 더운 여름이었다. 뙤약볕 아래 길을 가는데 갑자기 큰 강이 앞을 가로막았다. 황톳물이 산처럼 우뚝 서서 그 끝이 어딘지 보이지 않았다. 다름 아닌 천 리 밖에서 내린 폭우였다. 물을 건널 때 사람들은 모두 머리를 치켜들어 하늘을 보았다. 나는 사람들이 머리를 쳐든 이유가 말없이 하늘에 기도를 올리는 것이라 짐작했다. 한참이 지나서야 알아차렸다. 물을 건너는 사람들은 물이 소용돌이치고 용솟음쳐 흐르는 모양을 보게 되면, 몸은 물을 거슬러 올라가는 것 같고 눈은 물을 따라 내려가는 것 같아서 불쑥 현기증이 일어나 어질어질 물에 빠지게 된다. 그들이 머리를 치켜들고 위를 보는 것은 하늘에 기도하는 것이 아니라 물을 피해 보지 않으려는 것일 뿐이다. 하기는 어느 겨를에 경각에 달린 목숨을 위하여 기도하겠는가! 위험하기가 이와 같기에 물소리가 들리지 않는 것인데도 다들 이렇게 말한다.

"요동은 들이 평평하고 넓어서 물소리가 크게 울지 않는 게지."

하지만 이것은 물을 모르고 하는 말이다. 요하(遼河)는 울지 않은 적이 한 번도 없으나 (울지 않는 것처럼 보인 것은) 단지 밤에 건너지 않아서일 뿐이다. 낮에는 눈으로 물을 볼 수 있어서 눈이 오로지 위험한 것에만 집중되어 한창 벌벌 떠느라고 눈이 붙어 있는 것을 되레 걱정하는 판국이다. 그러니 어떻게 소리가 들리겠는가!

오늘 나는 밤중에 물을 건넜다. 눈으로는 위험한 것을 보지 못하고 위험은 오로지 듣는 것에만 집중되어 귀가 한창 벌벌 떨며 걱정에 휩싸여 있었다. 나는 이제야 도(道)를 알았다! 마음을 고요히 가진 사람은 귀와 눈이 마음에 누(累)를 끼치지 않는 반면에 귀와 눈을 굳게 믿는 사람은 보고 듣기를 한층 자세하게 하므로 그 때문에 병을 일으키는 것이다.

지금 내 마부가 말굽에 발을 밟혀서 뒤 수레에 실려 간다. 나는 드디어 혼자 고삐를 느슨하게 풀고 강에 떴다. 안장 위에서 무릎을 구부리고 발을 모았다. 한 번 떨어지면 바로 물이다. 물로 땅을 삼고, 물로 옷을 삼으며, 물로 몸을 삼고, 물로 성정을 삼았다. 그리하여 마음이 한 번 떨어지리라 정해지자 내 귓속에서 강물 소리가 사라졌다. 무릇 아홉 번 물을 건넜으나 아무 염려가 없었다. 마치 방석 위에서 앉았다 누웠다 일어났다 기대는 것과 다름이 없었다.

옛날 우(禹)임금이 황하를 건널 때 황룡(黃龍)이 배를 등으로 떠받쳐서 몹시 위험했다. 그러나 사생의 판단이 마음속에서 먼저 분명해지자 용이든 지렁이든 크거나 작거나 아무 상관이 없었다.

소리와 빛은 외물(外物)이다. 외물은 늘 귀와 눈에 누를 끼쳐서 이처럼 사람들이 똑바로 보고 듣지 못하도록 방해한다. 하물며 사람이 세상을 살아가자면 험하고 위태롭기가 강물보다 심하여 보는 것과 듣는 것이 툭하면 병을 일으키니 어찌하랴!

나는 곧 내 산속 집으로 돌아가 다시 앞내의 물소리를 들어보고
정녕 그런지 살펴보련다. 그것으로 몸을 굴리는 데 능란하여 총명
하다고 자신하는 자들을 깨우쳐주리라.

....

마음을 고요히 가지는 것

이 글은 《열하일기》의 〈산장잡기(山莊雜記)〉에 수록되어 있다. 여름철 8월에 연암이 속한 사행단이 북경에서 건륭제가 머물고 있는 열하(熱河)까지 밤낮으로 일정을 소화하며 서둘러 간 일이 있다. 이 체험을 바탕으로 쓴 글에는 명문이 많은데, 그중 하나다. 이 며칠간의 여행을 기록한 편목이 〈막북행정록(漠北行程錄)〉으로 그중 7일자 일기에는 밤중에 말을 타고 위험한 강을 건너면서 겪은 체험이 실려 있다. 일행이 강물을 건너면서 '소경이 눈먼 말을 타고 밤중에 깊은 물가에 서 있는' 듯한 두려움을 느끼자 연암은 "소경은 결코 위태로움을 모른다. 소경은 어떤 위태로움도 눈에 보이지 않기 때문이다."라고 말하고는 낯선 세계, 미지의 위험에 맞닥뜨려 일어나는 공포의 감각에 대한 철학적 사변을 글로 구성했다.

큰 강을 말을 타고 건너며 공포를 느끼는 것은 밤낮이 다르다. 낮에는 도도하게 흘러가는 강물을 눈으로 보며 벌벌 떨고, 밤에는 거센 강물 소리를 귀로 들으며 벌벌 떤다. 시각과 청각이 각각 다르게 반응하여 우리의 눈과 귀가 소리와 빛이란 외물(外物)에 압도당하여 두려움을 느낀다. 그러면 어찌해야 하나? 소경이 되고 귀머거리가 되어야 한다. 공포의 장면을 보지 못하는 소경처럼, 공포의 소리를 듣지 못하는 귀머거리처럼 외물에 즉각적으로 반응하는 감각의 동요를 차단해야 한다.

그러나 감각이란 외부의 충격에 자동적이고 반사적으로 작동한다. 어떻게 그 감각을 잘 통제하여 외부의 충격과 공포를 이겨내고 세상을 잘 헤처 나갈 수 있을까? 연암은 '마음을 고요히 가지는 것', 즉 명심(冥心)을 제시한다. 이 명심은 연암이 사물과 현상을 인식하는 문제를 다룰 때 자주 사용한 말이다. 이것은 사람들이 외부의 현상을 똑바로 보고 듣지 못하도록 방해하는 온갖 잘못된 선입견과 그릇된 가치관의 혼란을 이기려면 꼭 필요한 인식상의 무기다. 뒤에 수록한 편지 가운데서 화담 선생이 소경에게 "네 눈을 도로 감아라!"고 말한 것도 바로 명심의 인식 태도다.

이 글은 구체적 체험을 바탕으로 철학적 사변을 담고 있으면서도 문학적 수사와 논지 전개가 흥미롭다. 빼어난 작품성을 지닌 우수한 산문으로 평가할 만하다.

··········

7

영대정잉묵 척독 10제(題)

(1) 아옹과 고양이與雪蕉[1]

무슨 말을 덧붙이리오? 무슨 말을 덧붙이리오? 아계(鵝溪, 이산해)
가 남의 시첩에 글을 쓰면서 아옹(鵝翁)이라 자칭하자 송강(松江,
정철)이 보고서 웃으며 이렇게 말했답니다.

"상공(相公)께서는 오늘에야 제 목소리를 내시는군요!"

아옹이 고양이의 울음소리와 비슷하기에 한 말이지요.

---

1 누구인지 알 수 없는 설초(雪蕉)에게 보낸 편지다. 그가 어떤 사람을 평가한 편지를 보냈
  다. 연암은 그를 평가하지 못하겠다고 하며 그 대신에 아계와 송강의 고사를 등장시킨다.
  엉뚱하고 익살맞은 이 편지의 핵심은 '드디어 오늘에야 자기 본색을 드러냈다'는 것이다.
  기발한 편지다.

이 사람이 오늘에야 자기 마음을 묘사해냈군요.

두렵습니다, 두렵습니다.[2]

(2) 빚쟁이 與成伯[3]

"문 앞에는 빚쟁이가 기러기 떼처럼 서 있는데

　집 안에서는 술꾼들이 물고기 꿰미처럼 잠자네."[4]

저들이야말로 당나라 시절의 큰 호걸이요 사나이입니다. 지금
썰렁한 서재에 외로이 앉아 있자니 담박하기가 참선에 든 중과도
같습니다. 다만 문 앞에 기러기 떼처럼 서 있는 자들의 두 눈깔이
미워 죽겠습니다. 비굴하게 저들에게 핑계를 늘어놓을 때마다 큰
나라 사이에 낀 약소국의 벼슬아치 신세[5]가 떠오릅니다.

(3) 문사는 겸손해야 與楚卹[6]

족하(足下)는 지혜롭고 영민하다고 하여 교만을 떨거나 남을 멸시

2　임천상의 《시필(試筆)》에 비슷한 이야기가 실려 있다.

3　성백이란 자를 쓰는 친구 정철조에게 보낸 편지다.

4　당나라 시인 이파(李播)의 시 〈뜻을 보이다(見志)〉의 일부다. 시의 전문은 다음과 같다.
　　"작년에 산 금(琴)은 값을 지불하지 않고 / 올해의 외상 술값은 미처 갚지 못했네. / 문 앞에
　　는 빚쟁이가 기러기 떼처럼 서 있는데 / 집 안에서는 술꾼들이 물고기 꿰미처럼 잠자네."
　　왕사진(王士禛)은 《지북우담(池北偶談)》에 이 시에 얽힌 사연을 소개하고 "이 시는 집안
　　을 망친 사람의 작은 초상화"라는 평을 들었노라고 전했다.

5　춘추시대의 작은 나라인 등나라와 설나라의 벼슬아치는 큰 나라 사이에서 자기 나라를 유
　　지하기 위해 동분서주하는 신세였다.

하지 마십시오. 저들에게 지혜로운 구석이 하나라도 있다면 어찌 부끄러움이 없겠습니까? 설령 깨우치지 못했다고 칩시다. 그들에게 교만을 떨거나 멸시한들 무슨 도움이 되겠습니까? 우리 족속들이래야 냄새나는 가죽 부대 안에 채워 넣은 글자가 남들보다 몇 자 좀 많은 데 불과한 것 아니겠습니까? 나무에서는 매미가 요란하게 울고, 진흙 속에서는 지렁이가 찍찍 웁니다. 그 소리가 시를 읊조리고 책을 읽는 것이 아니라고 할 수 있겠습니까?

(4) 매사에 꼭 물어보시오與某 1

남을 처음 볼 때는 낯설고 어설픈 태도를 보여야 합니다. 옛 버릇을 드러내지 않다 보면 낯이 익어 다정해질 겁니다.

"손을 씻고 국을 끓여서
시누이에게 맛을 보이네."[7]

이 시를 지은 자는 예절을 아나 봅니다.

---

6 이 편지는 초정(楚亭) 박제가(朴齊家)에게 보낸 듯하다. 글깨나 쓴다고 남을 무시하지 말라고 당부한 편지다. 문사란 "냄새나는 가죽 부대 안에 채워 넣은 글자가 남들보다 몇 자 좀 많은 데 불과하고," 매미나 지렁이도 시를 쓰므로 시인이란 별거 아닌 존재라고 말한다. 지식인 문사에 대한 연암의 표현에는 자조가 짙게 배어나온다.

7 인용한 시는 왕건(王建)의 〈새색시의 노래(新嫁娘詞)〉다. 시집간 지 사흘 만에 처음 부엌에 들어간 새색시가 정성껏 국을 끓였는데 시어머니의 식성을 모르기 때문에 먼저 시누이에게 맛을 보게 했다는 내용이다. 하고자 하는 내용과 일견 아무 상관도 없어 보이는 시와 속담을 편지에 끌어다 씀으로써 글에 생동하는 빛깔을 내게 하면서 하고자 하는 말을 입체적으로 드러내었다.

나무에서는 매미가 요란하게 울고,

진흙 속에서는 지렁이가 찍찍 웁니다.

그 소리가 시를 읊조리고 책을 읽는 것이

아니라고 할 수 있겠습니까?

공자께서도 "태묘(太廟)에 들어가서 매사에 꼭 물어보았다."[8]라고 하더군요.

(5) 도끼 가진 놈이 바늘 가진 놈을 못 당한다與中 3

아이들 말에 "도끼를 휘둘러 허공을 치느니 차라리 바늘을 잡고 눈동자를 겨누어라."고 했고, 또 시골 속담에 "삼정승과 사귀지 말고 네 한 몸 조심하라."고 합디다. 그대는 그 말을 꼭 기억해두십시오. 약하지만 단단한 것이 낫지, 용맹하지만 물러 터져서는 안 됩니다. 더구나 남의 세력은 믿지 못하는 것 아닌가요?

(6) 시골뜨기與某 2

시골 사람이 서울내기 흉내를 내는 것, 그런 짓이 모두 시골뜨기지요. 비유하자면 술 취한 사람이 정색하고 앉은 것 자체가 술에 취해 하는 짓이니 이 점을 몰라서는 안 될 게요.

(7) 그대는 오지 않고答蒼厓 5

저물어 용수산(龍首山)[9]에 올라 그대를 기다렸지만 오지 않았습

---

8 《논어(論語)》〈팔일편(八佾篇)〉에 나오는 내용이다. 공자는 태묘의 예법을 잘 알면서도 반드시 선배에게 물어서 예를 행했다. 새로 어떤 일을 맡은 사람에게, 잘난 체하지 말고 선임자의 의견을 물어서 일을 처리하라고 충고한 편지다.

9 산 이름이나 미상.

니다.

　강물은 동쪽으로 흘러들지만 가는 모습은 보이지 않았습니다.

　밤이 이슥하여 달빛을 받으며 돌아오는데, 정자 아래 늙은 나무가 하얀빛을 띠며 사람처럼 서 있더군요.

　또 그대가 저기에 먼저 와 있구나 의심했지요.

(8) 달이 환한 밤에는謝湛軒[10]

어젯밤 달이 환하여 비생(斐生, 박제가)을 찾아갔다가 그와 함께 돌아왔더니 집을 지키고 있던 자가 고하기를, "누런 말을 탄 손님이 오셨는데 키가 크고 수염이 길었으며, 벽에다 무언가를 써놓고 가셨습니다." 하더군요. 촛불을 켜고 비춰 보니 바로 그대의 글씨였습니다. 손님 온 것을 알려주는 학이 없어서[11] 문설주에 봉자(鳳字, 凡鳥)를 써놓고 가시게 하다니![12] 유감입니다. 송구하고 송구합

───────────

10　이 척독은 절친한 친구인 담헌(湛軒) 홍대용(洪大容)이 찾아왔을 때 출타하여 맞이하지 못함을 아쉬워하고 다시 만나기를 기약하고 있다.

11　송(宋)나라의 임포(林逋)는 학을 자식처럼 길렀는데, 그 학은 손님이 찾아오면 임포에게 알렸다고 한다.

12　중국의 삼국시대 여안(呂安)은 혜강(嵇康)과 친하여, 보고 싶을 때마다 천 리 길을 멀다 않고 찾아갔다. 어느 날 여안이 혜강을 찾아갔을 때 혜강은 출타하고 그의 형 혜희(嵇喜)가 문을 나와 반갑게 맞이했다. 여안은 집에는 들어가지 않고 문설주에 '봉(鳳)' 자를 써놓고 그냥 돌아갔다. 혜희는 자신을 봉황이라 여겼다고 좋아했으나, 혜강이 돌아와서 '범조(凡鳥)' 곧 '평범한 새'를 합자(合字)한 것으로 읽었다. 여안이 '너 같은 평범한 사람과는 어울리지 않겠다.'는 뜻으로 써놓은 것이다. 여기서는 사람을 찾아갔다가 만나지 못하고 돌아가는 상황을 비유했다.

니다. 이후로는 달이 환한 밤에는 절대로 외출하지 않으렵니다.

(9) 도로 눈을 감고 가라答蒼厓二

'자신의 본분으로 돌아가라.'는 말이 어찌 문장에만 해당하리오?
일체의 하고많은 만사가 다 마찬가지지요. 화담(花潭, 서경덕) 선생
이 외출했다가 집을 잃고 길에서 우는 소경을 만났더랍니다. 그에
게 "너는 왜 우느냐?"라고 물었더니 돌아온 대답이 이랬습니다.

"저는 다섯 살에 소경이 되어 이제 스무 해가 되었습니다. 아침
에 밖을 나왔다가 문득 눈을 떠서 천지 만물이 환하게 보였습니
다. 기뻐서 집에 돌아가려 했더니 밭두둑에는 갈림길이 많고 대
문이 다들 같아서 제집을 알 수가 없었습니다. 그래서 울고 있습
니다."

화담 선생이 그에게 이렇게 말했습니다.

"내가 네게 집으로 가는 길을 가르쳐주겠다. 네 눈을 도로 감아
라. 그러면 네 집이 바로 나올 것이다."

그래서 소경이 눈을 감고 지팡이를 더듬어 본래 걸음에 맡겨 걸
어서 제집에 바로 도착했답니다. 소경이 길을 잃은 것은 다른 까
닭이 아닙니다. 빛깔과 모양이 뒤바뀌고 기쁨과 슬픔이 작동하여
망상(妄想)을 일으킨 때문입니다. 지팡이를 더듬어 본래 걸음에
맡기는 것, 그것이 바로 우리가 분수를 지키는 비결이자 제집으로
돌아가는 신표일 겁니다.

이슬 마시는 매미보다 탈바꿈하기가 더디고,

흙을 먹는 지렁이보다 지조를 제대로 지키지 못함이

부끄러울 뿐입니다.

(10) 윤회매를 팔아주오與人

저는 집이 가난한데도 살림 꾸려나가는 재주가 없습니다. 방덕공
(龐德公)을 배우고자 하지만 소진(蘇秦) 같은 처지임이 한심스럽습
니다.[13] 이슬 마시는 매미보다 탈바꿈하기가 더디고, 흙을 먹는 지
렁이보다 지조를 제대로 지키지 못함이 부끄러울 뿐입니다.[14] 옛
날 매화나무 삼백육십오 그루를 심고서 날마다 한 그루 나무로 생
활해간 임포(林逋)가 있기는 합니다. 이제 저는 셋집에 몸을 붙여
사는 처지인 데다 임포처럼 고산(孤山) 같은 정원을 가지고 있지
못합니다.[15] 이를 어찌하면 좋습니까?

벼루 옆에서 시중 드는 동자가 손재주가 기막히고, 저도 가끔
그를 따라 글씨 쓰는 여가에 매화 절지(折枝)를 완성했습니다. 촛
농으로 꽃받침을 만들고, 노루털로 꽃술을 삼고, 부들가루로 꽃심

---

13 방덕공은 중국 후한(後漢) 때의 양양(襄陽) 사람으로, 현산(峴山) 남쪽에 살면서 성안에
   는 들어가지 않았다. 후에는 처자를 데리고 녹문산(鹿門山)에 들어가 은거했다. 소진은
   전국시대의 유세객이다. 소진이 연횡책(連衡策)으로 진(秦)나라 혜왕(惠王)에게 유세했
   으나 인정받지 못하고 고향으로 돌아왔다. 소진을 보고 가족들이 모두 무시하자 소진이
   "아내는 나를 남편으로 여기지 않고, 형수는 나를 시동생으로 여기지 않으며, 부모님은
   나를 자식으로 여기지 않는다!"라고 탄식했다.

14 학업에 진전이 없고 남에게 신세 지면서 사는 처지를 토로한 말이다. 《순자(荀子)》에 "군
   자의 배움은 매미가 허물을 벗듯이 빠르게 변한다."라고 했다. 《맹자》〈등문공하(滕文公
   下)〉에 오릉중자(於陵仲子)가 청렴함을 지키려고 인륜마저 저버리는 행위를 하자 맹자
   는, "오릉중자의 지조를 충족시키려면 지렁이가 된 뒤라야 가능할 것이다. 지렁이는 위로
   는 마른 흙을 먹고 아래로는 지하수를 마시며 산다."라고 비판했다.

15 임포는 항주의 서호(西湖)에 있는 고산(孤山)에 은거했다. 이곳에서 학 두 마리를 기르고
   매화나무 360그루를 심고 살았다.

을 만들어 윤회화(輪回花)라고 이름 지었습니다. 어째서 윤회라고 했냐고요? 생화는 나무에 있으니 밀랍이 될 줄을 어찌 알았으며, 밀랍은 벌집에 있으니 꽃이 될 줄을 어찌 알았겠습니까? 하지만 노전(魯錢)·원이(猿耳) 모양의 꽃봉오리는 천연(天然)스럽고, 규경(窺鏡)·영풍(迎風) 모양의 체세(體勢)는 자연스럽기만 합니다.[16] 땅에 뿌리를 내리지 못했을망정 자연스러움을 드러내 보입니다. 황혼 녘 달빛 아래서 암향(暗香)이 풍겨오지는 않으나, 눈 뒤덮인 산속에서라면 누워 있는 고사(高士)를 상상하기에 충분합니다.

바라건대 그대는 먼저 가지 하나를 사주어 그 값을 매겨주기 바랍니다. 가지가 가지답지 않고, 꽃이 꽃답지 않고, 꽃술이 꽃술답지 않고, 꽃심이 꽃심답지 않고, 책상 위에서 빛이 나지 않고, 촛불 아래서 성근 자취를 드러내지 않고, 거문고 옆에 있을 때 기이하지 않고, 시속에 들어가서 운치를 발휘하지 않을 때가 있을지도 모릅니다. 만약 이 가운데 한 가지라도 해당한다면 영원히 물리쳐 몰아내시더라도 저는 조금도 원망하는 말을 내지 않겠습니다. 이만 줄입니다.[17]

---

16 노전·원이·규경·영풍은 모두 매화의 모양을 묘사한 용어다.

17 이덕무(李德懋)가 밀랍으로 매화를 만들어 그 이름을 윤회매(輪回梅)라고 했다. 연암이 그 방법으로 인조 매화를 만들어 친구인 서상수(徐常修)에게 높은 값을 쳐서 사달라고 부탁한 편지가 바로 위의 글이다. 이덕무는 그 사연을 〈윤회매십전(輪回梅十箋)〉이란 괴기영롱(怪奇玲瓏)한 산문으로 쓴 바 있는데, 박지원의 이 편지가 약간 수정을 거쳐 그 속에 수록되었다. 《연암집》에서는 이 편지의 수신자를 구체적으로 밝히지 않았다. 이 편지는 문사들의 풍류와 운치를 참으로 멋스럽게 표현했다. 장식적이고 일부러 멋을 부린 문장을 구사한 것은 장난 삼아서 쓴 희문(戲文)이기 때문이다.

젊은 연암의 취향과 개성

척독(尺牘)은 편지 가운데서도 짧막한 것을 이른다. 20, 30대 젊은 시절 연암의 소품문 가운데 《방경각외전(放璚閣外傳)》에 수록된 9편의 전기와 《영대정잉묵(映帶亭賸墨)》에 실린 척독이 눈길을 끈다. 전기는 일반에게 널리 알려져 있지만, 50편의 짧막한 편지글을 모아 엮은 척독집은 상대적으로 큰 관심을 끌지 못했다. 하지만 이 편지글은 젊은 연암의 취향과 사고를 잘 보여주는 멋진 문예물이다.

연암이 편지글을 엮은 이유는 결코 소극적이지 않다. 그는 이러한 짧은 편지를 대하는 일반 문사의 입장과 자신의 입장이 서로 다르다고 말했다. 고문(古文)을 주장하는 사람들은 척독소품을 부정적으로 보았다.

"저 고문사(古文辭)를 한다고 하는 자들은 서(序)와 기(記)를 위주로 하여 글을 쓰되 허황한 글감을 얽고 들뜬 말을 끌어다 쓴다. 그러면서 이러한 글을 손가락질하여 소가(小家)의 묘품(妙品)으로, 볕이 든 창가 정갈한 책상 곁에서 졸음이 몰려올 때 벨 베개쯤으로 여긴다."[18]

그에 반해 연암은 척독소품이야말로 사람의 진실한 정을 표현하기에 적합한 문체라고 주장하며 그 장점을 치켜세웠다.

"부모를 공경함은 예의를 통해 확립된다. 그렇다고 하여 위엄을 갖추어

---

18 박지원, 《영대정잉묵(映帶亭賸墨)》, '자서(自序)', 《연암집》.

근엄하게 대하는 것이 부모를 섬기는 올바른 도리는 아니다. 또 소매 긴 도포를 휘휘 저으며, 큰손님을 맞이하듯 안부를 대강 묻고 난 다음 한 마디 말도 나누지 않는 것은 어떨까? 부모를 공경한다고 말할 수는 있지만 예를 안다고 말할 수는 없다. 부드러운 낯빛과 밝은 목소리로 격식에 구애받지 않고 부모를 잘 모시는 모습을 어디에서 찾아보겠는가? 따라서 빙그레 웃으시며 '앞에서 한 말은 농담이야.'라고 하신 것은 공자의 멋진 해학이요, 여자가 '닭이 울어요.'라고 하자 남자가 '아직 밤이야.'라고 했다는 것은 《시경》을 쓴 사람의 척독이다."[19]

척독집에 서문을 쓰면서 굳이 부모 봉양을 들고나온 이유가 있다. 부모를 모시는 데 근엄한 자세를 취한다든지, 큰손님을 맞이하듯 예절만 차리는 것은 효도의 격식만을 차리는 것일 뿐 진정 부모를 모시는 방법이 아니라는 것이다. 문학도 그와 마찬가지다. 그렇게 근엄하게 보이는 성인 공자도 제자와 장난기 어린 농담을 주고받은 예가 있는데, 거기에서 공자의 인간미가 생생하게 드러난다. 《시경》의 시 〈정풍〉에서 밤새 사랑을 나눈 남녀가 은밀한 대화를 나누고 있는데 그것이 바로 당시의 척독이라는 것이다. 연암은 문학이 근엄한 격식을 차리는 데 있지 않다고 생각했고, 해학이나 은밀한 대화와 같은 자연스러움과 인간미를 바로 척독에서 찾을 수 있다고 이야기했다.

짧은 편지의 특성상, 척독은 상대와 지식이나 감정을 직접적으로 교환

---

19 앞의 글.

하고, 타인에 대한 관심과 사랑을 농후하게 표현한다. 연암은 젊은 시절, 벼슬에 미련을 버리고 주변 지식인들과 격의 없이 교유하면서 타락한 사회에 대한 분노와 질시의 감정을 즐겨 표현했다. 지인들과의 대화 속에 연암은 그의 인간됨과 관심사, 지식을 골고루 표현했다. 문장으로 장난하기를 즐겨 이문위희(以文爲戲)를 표방한 연암의 창작 특징이 척독에서 더욱 두드러진다. 따라서 척독은 연암이 문학적 재능을 유감없이 발휘한 문체다.

비약이 심하고 강렬한 인상을 주는 삽화를 잘 활용함으로써 독자의 뇌리에 선명한 인상을 심어놓는 연암 산문의 특징은 짧은 편지글에 잘 나타난다. 기지와 해학을 잘 구사하는 연암은 오히려 이렇게 짧은 글을 만나서 그의 문학적 재능을 더욱 잘 발휘했다. 편지글은 구체적인 정황을 바탕으로 사연이 전개된다. 따라서 그 정황을 알아야 제대로 이해할 수 있지만, 연암의 편지를 읽으면 그 정황을 미루어 짐작할 수 있다.

연암의 편지글은 《영대정잉묵》 외에도 제법 많다. 길이는 척독에 비하여 길다. 하지만 젊은 시절의 편지글과 마찬가지로, 기지와 위트를 잘 살려서 미묘한 인간 심리와 인정물태를 극적으로 잘 묘사했다.

장황하게 학문을 논하고 문안 인사를 늘어놓는 편지글과 비교하면 연암의 척독은 수준 높은 문학 예술로 손색이 없다. 그의 문장은 예술적 깊이가 있을 뿐 아니라 심오한 철학까지 담았고, 그만의 독특한 개성을 유감없이 드러냈다. 허균의 척독소품이 나온 이후 18세기에 이르러 척독 예술은 다른 문체가 흉내 낼 수 없는 격조를 지닌 산문 갈래로 발전했다. 그 과정에서 연암의 척독이 적지 않게 기여했다.

. . . .

4

문단을 뒤흔든 낯선 문장, 이덕무

이덕무

이덕무(李德懋, 1741~1793)는 조선 정조 연간의 학자이자 시인이며 산문가다. 한성 중부(中部) 관인방(寬仁坊) 대사동(大寺洞, 현재의 종로2가 파고다공원 북쪽)에서 태어나 평생 이곳을 거처로 삼았다. 본관은 전주(全州)이고, 자는 무관(懋官)이다. 영처(嬰處)·청장관(靑莊館)·선귤당(蟬橘堂)·형암(炯菴)·매탕(槑宕)·아정(雅亭) 따위의 호를 번갈아 사용했다. 왕실의 후예이기는 하지만 서얼(庶孽)이기에 벼슬길에 나아가는 데 한계가 있었으나 정조의 특별한 배려로 검서관(檢書官)에 발탁되었다.

이덕무는 유득공·박제가 등과 더불어 그 이전의 시풍과 뚜렷히 구별되는 새로운 시풍을 창출하여 백탑시파(白塔詩派)를 형성했다. 또한 그는 조선 산문사에서도 매우 중요한 위치를 차지했다. 그럼에도 불구하고 시인·학자로서 지닌 명성에 가려 산문의 찬란한 세계는 크게 부각되지 못했다.

고문가(古文家)의 입장을 견지한 논자들은 이덕무의 산문을 소품문으로 취급하여 아예 논의 대상에서 제외했다. 조선시대에는 소품문이 산문의 권위적 세계에 한자리를 비집고 들어갈 처지가 못되었다. 그러므로 전형적 소품문인 이덕무의 산문이 감상의 대상이 되거나 미학적 분석의 대상이 되기 어려웠다. 하지만 우리 산문사에서 그의 산문은 결코 도외시할 수 없는 존재다. 그만큼 혁신적이고 아름답다.

이덕무의 산문은 전형적인 소품문이다. 소품을 마뜩찮게 본 정조는 그를 두고 "이덕무·박제가 따위는 그 문체가 완전히 패관소품에서 나왔다. 이들을 내각(內閣)에 두고 있다고 해서 내가 이들의 문장을 좋아한다고 생각하는 모양이다. 이들은 처지가 남과 다르기 때문에 이런 문장으로 자신들의 존재를 드러내고자 했다. 나는 사실 그들을 광대로서 데리고 있다."[1]라고 했다. 여기서 처지가 남다르다는 것은 이들이 서얼 신분임을 염두에 두고 한 말이다. 서얼로서 입신(立身)의 길이 막혀 있어 소품문과 같은, 정통에서 벗어난 글을 써서 자기 존재를 알리려 했다는 지적인데 일리가 있다. 그의 언급에서 주목할 점은 이덕무를 비롯한 박제가 등이 소품문을 적극적으로 창작했다는 사실이다.

이덕무가 소품문을 즐겨 창작한 시기는 20, 30대 젊은 시절이었다. 10대부터 그는 명말청초(明末淸初)의 참신한 문학에 깊이 빠져들었다. 공안파(公安派)와 경릉파(竟陵派)의 글을 비롯하여 이어(李漁) 등의 산문을 폭넓게 흡수했다. 그의 독서 범위는 대단히 넓었으며, 소품문을 창작

---

1   정조, 《일득록》, 《홍재전서》 165권.

한 문학 그룹과 작가를 탐독했다. 이덕무는 10대의 습작기를 거쳐 20대에 벌써 자기 고유의 빛깔과 색채를 지닌 독특한 문장을 창작해냈다. 그의 창작열은 대단했고, 문학적 성취는 발군이었다. 20대 초반에 그의 명성은 문단에 가득했다.

소품문을 잘 짓는 작가로서 이덕무의 존재는 문단에 뚜렷하게 부각되었고, 전하는 대부분의 작품은 이렇게 젊은 시절에 창작되었다. 그의 소품문은 영역이 넓어서 주제도, 문체도 다양하다. 《이목구심서》, 《선귤당농소(蟬橘堂濃笑)》, 《세정석담(歲精惜譚)》 따위의 청언소품집(淸言小品集)은 맑은 정취를 보여주는 품격 높은 글이고, 〈서해여언(西海旅言)〉과 〈칠십 리 눈길을 걷고(七十里雪記)〉 따위의 유기(遊記)는 여행의 정취를 잘 살린 빼어난 명작이며, 또 척독은 풍부한 서정과 기지를 담아낸 편지글로 당시에 이름이 높았다. 그리고 〈윤회매십전(輪回梅十箋)〉을 비롯한 〈내게 어울리는 인생의 예찬(適言讚)〉, 〈섭구충 이야기(山海經補)〉 따위의 글은 파격적 희문(戲文)으로서, 기존 문체로 담을 수 없는 관찰과 감성의 세계를 표현해냈다. 그가 개척한 산문 세계는 이후 많은 후배에게 영향을 끼쳐 파생작이 출현했다.

이덕무가 소품문을 창작한 바탕에는 투철한 창작정신이 깔려 있다. 그 정신을 몇 가지로 요약하면 이렇다. 기존의 문학에 얽매이지 말고 자기만의 독특한 세계를 개척하라. 사물을 대상으로 할 때 선입관을 배제하고 치밀하게 관찰하여 글을 써라. 세계의 가상에 빠지지 말고 인정물태의 진실을 드러내도록 하라. 예민하고 감성적인 언어를 구사하라.

이덕무의 이러한 창작정신은 "진실한 기쁨과 진실한 슬픔만이 진실한 시를 만들어낼 뿐이라"는 주장이나, "진짜에 바짝 다가서고 몹시 닮은 것이라 해도 하나같이 제이(第二)의 자리에 머무는 법. 핍진(逼眞)하고 닮았다는 것이 어디서 나왔는지를 다시 한 번 똑똑히 살펴보라! 본연의 바탕을 먼저 볼 수 있어야 가짜에 막힘을 당하지 않는다. 온갖 가지 수많은 물상(物象)은 이 나비의 비유를 법으로 삼을 것이다."에 선명하게 제시되어 있다. '나비의 비유'로 집약되는 그의 창작정신은 '진실의 수립(植眞)'을 향한 그의 치열한 문학정신을 잘 표현했다.

통속문학에 물들지 않고 인간 정신의 순수성을 드러내려는 그의 정신은 산문에서 잘 발휘되었다. 이덕무 소품문은 우리 문학사에서 '제 목소리 내기'의 문제와 '낯설게 하기'라는 문학정신을 실천하여, 우리 자연과 당시의 감성을 살려 새로운 글을 창출했다는 의의를 갖는다. 그의 많은 저술은《청장관전서(靑莊館全書)》에 정리되어 있다.

1

책벌레의 전기

看書痴傳

목멱산(남산) 아래에 한 바보가 사는데 어눌하여 말을 잘하지 못한다. 성품이 게으르고 서툴러서 시무(時務)를 모르고, 특히나 바둑이나 장기 따위의 잡기를 할 줄 모른다. 남들이 욕을 해도 따지지 않고 칭찬을 해도 우쭐하지 않으며, 오직 책 보는 것을 낙으로 삼아서 추위와 더위, 굶주림과 병에도 전혀 아랑곳하지 않는다. 그는 어린아이 적부터 시작하여 스물한 살이 되도록 하루도 손에서 책을 놓아본 일이 없다.

그의 방은 지극히 협소하다. 하지만 동쪽에도 창이 있고 남쪽에도 창이 있고 서쪽에도 창이 있어, 동쪽에서 떠서 서쪽으로 기우는 해를 쫓아가며 햇볕 아래서 책을 읽는다.

그는 보지 못한 책을 보기라도 하면 좋아서 웃는다. 집안사람

그의 방은 지극히 협소하다.
하지만 동쪽에도 창이 있고
남쪽에도 창이 있고 서쪽에도 창이 있어,
동쪽에서 떠서 서쪽으로 기우는
해를 쫓아가며 햇볕 아래서 책을 읽는다.

들은 그가 웃는 모습을 보고 기이한 책을 얻었다는 것을 알아차린다.

또 두자미(杜子美, 두보)의 오언율시를 좋아하여 큰 병이 든 것처럼 끙끙대며 읊조리는데, 그러다가 심오한 맛을 터득하여 기쁘기가 한량없으면 일어나서 이리저리 서성댄다.

그가 내뱉는 소리는 갈가마귀가 우는 것과도 같다. 어떤 때에는 조용하게 아무 소리도 없다가 눈을 둥그렇게 뜨고 어딘가를 뚫어지게 보기도 하며, 어떤 때에는 꿈속을 헤매기라도 하듯 혼잣말로 중얼거린다.

사람들은 그를 책만 보는 바보, 간서치(看書痴)라고 손가락질을 한다. 그 역시 그 별명을 기쁜 마음으로 받아들인다. 그의 전기를 짓는 자가 아무도 없기에 붓을 들어서 그의 행적을 기록하여 〈책벌레의 전기〉를 짓는다. 그의 이름과 성은 굳이 기록하지 않는다.

책만 보는 바보의 자서전

간서치(看書痴)는 말주변이 없고, 매사에 서툴며, 세상 물정을 모를 뿐만 아니라, 남들 다 두는 바둑조차 두지 못하는 위인이다. 여기에만 그치지 않는다. 남들이 욕을 해도 화내지 못하고 칭찬을 해도 우쭐하지 못하는 위인이다. 이것이 바로 이덕무의 모습이다. 그가 할 줄 아는 것이라곤 딱 한 가지, 책을 잘 읽는 것이다. 그저 '책만 보는 바보'다. 어떻게 해볼 도리가 없는 이런 위인을 위해 누가 전기를 지어줄 리 없기에 스스로 전기를 지어 자기에게 바친다. 이른바 자서전(自敍傳)이다. 자신의 못난 삶을 폭로하고 조롱하는 자조적인 글이다.

그러나 이 글에는 자조(自嘲)를 넘어서 자부(自負)가 그려진다. 이 글의 묘미 가운데 하나는 억양(抑揚)에 있다. 독자가 처음 읽을 때에는 "세상에 이런 바보가 다 있나!"라고 바보를 볼 때의 우쭐함과 안도감 같은 것을 느끼겠지만, 읽어갈수록 사랑스럽고 한편으로는 그의 집중이 두렵기까지 하다. 그는 이렇게 바보 같은 제 인생의 색채를 아끼고 있다. 남들이 책벌레라고 놀리는 것을 그도 "기쁘게 받아들인다." 그의 성명을 굳이 기록할 필요가 없다. 오직 간서치라는 놀림거리 호(號)가 인해(人海) 속에서 그의 존재를 확인시켜주는 호칭이다.

기왕에도 책에 몰두한 서음(書淫)들이 없었던 건 아니나 이렇게 간소한 글에 자기 특징을 드러낸 글은 드물다. 그는 《이목구심서》에서도 자신은 호색한(好色漢)을 비웃지만 거꾸로 호색한도 자신을 책벌레라고 야유할 것이라고, 책벌레 이덕무의 모습을 연민하듯이 조롱했다. 이 글의 문심(文心)을 닮은 글이다.

　　호색한은 골수가 마르고 살이 빠지다가 임종을 앞둔 날 밤에도 정욕이 솟구치건만 후회하는 마음은 끝내 들지 않는다. 그가 이룬 것이라곤 그저 색정의 아귀일 뿐이다. 나는 일찍이 그런 자를 비웃고 연민하고 두려워하고 경계했다. 그러다 문득 자신을 돌아보니, 불행히도 그런 자에 가까운 면이 있었다. 내가 책을 좋아하는 것이 호색한과 너무도 비슷하기 때문이다. 요사이 유행하는 풍열(風熱)로 인해 오른쪽 눈까지 가려운데 사람들은 책을 읽은 소치라고 겁을 많이 주었다. 내가 생각해도 그럴 법하다. 그러나 하루도 책을 차마 벗어나지 못하겠다. 오라기 같은 실눈을 떠서 검은 글자에 정신을 쏟아, 좀벌레가 신선이란 글자를 먹어 장생불사하는 방법처럼 책을 읽는다. 저 색에 빠져 죽은 호색한은 응당 나를 야유하리라! 9월 그믐날 오우아거사(吾友我居士)는 실없이 쓴다.

· · · · · · · · · ·

2

나를 말한다

自言

사람은 바뀔 수 있을까? 나는 말한다.

"바뀔 수 있는 사람이 있고, 바뀔 수 없는 사람이 있다."

여기에 어떤 사람이 있다 치자. 어린아이 적부터 나가 놀지 않고, 망령된 짓을 하지 않으며, 성실하고 단아했다. 그가 장성하자 사람들은 그에게 "너는 세상과 어울리지 못하니 세상이 너를 용납하지 않을 것이다."라고 유혹했다. 그럴 법한 말이라고 여긴 그가 드디어 입으로는 야비하고 상스러운 말을 내뱉고, 몸으로는 경박한 행동을 자행했다. 그와 같이 사흘을 보내고 난 뒤에 그는 기분이 나빠져 이맛살을 찌푸리며 말했다.

"내 마음을 바꿀 수는 없어. 사흘 전에는 내 마음이 무언가로 충만했는데 사흘 뒤에는 내 마음이 텅 비어버렸어."

그러고는 원래의 모습으로 돌아갔다.

이익과 욕망을 말하면 기가 꺾이지만, 산림(山林)을 말하면 정신이 맑아지고, 문장을 말하면 마음이 즐거워지며, 도학을 말하면 뜻이 차분해진다.

완산(完山, 전주) 이씨(李氏)는 옛것에 뜻을 두어 물정에 어둡다. 산림과 문장, 도학에 관한 말을 듣기 좋아할 뿐, 그 나머지 것들은 들으려는 마음이 없다. 설사 듣는다 해도 마음으로 복종하지 않는다. 제 타고난 바탕을 오로지 지키고자 애쓰는 사람이리라. 이러한 까닭으로 매미와 귤을 좋아한다. 그의 마음이 드러난 말은 고요하고도 담박했다.

고독한 도시인의 그림자

원제는 〈자언(自言)〉으로 '나 자신을 말한다'는 뜻이다. 자신의 본질을 까발려 드러내 보이겠다는 뜻이다. 그렇다면 왜 자신을 말하려 하는가? 세상과의 불협화(不協和)가 너무 심하여 "너는 왜 그렇게 사느냐?"고 묻고 싶기 때문이다. 남들은 변하는 세상에 맞추어 잘도 살건만 왜 자기만은 그렇지 못하는지를 스스로 묻고 답한다. 그는 자신에게 답한다. 남들은 다 변해도 나는 변하지 못하겠고, 그러니 본모습대로 살겠다고. 그 이유는 달리 말할 것이 없다. 그저 본마음을 지키며 사는 것이 마음 편하기 때문이다.

18세기에는 자의식을 강하게 드러내는 문학이 대두했다. 대도시에 인구가 늘면서 고독한 개인의 존재도 부각된다. 화폐가 만능의 힘을 발휘하는 시대에, 그 물결에 동참하지 못하는 자의 자의식이 문제시된다. 이 글에서는 그런 자의식이 묻어난다.

이덕무는 《선귤당농소(蟬橘堂濃笑)》에서 다음과 같이 자탄(自歎)한 바 있다. "가난해서 반 꿰미의 돈도 저축하지 못하면서 천하의 가난하고 춥고 병들고 고통받는 자에게 베풀고자 한다. 둔해서 책 한 권 꿰뚫어보지 못하면서 만고(萬古)의 경전과 사서, 총서와 패서(稗書)를 보고자 한다. 오활(迂闊)한 자, 아니면 바보다. 아, 덕무야! 아, 덕무야!" 대중과 구별되는 독특하고 개성 있는 자아를 발견하고 지키려는 의도가 자조적으로 표현되어 있다. 그처럼 오(迂)와 치(痴)의 자기를 폭로하는 것이 이 글의 묘미다.

3

서쪽 문설주에 쓰다

書西廂

종일토록 망령된 말을 하지 말고
종신토록 망령된 생각을 하지 말자!
남들은 대장부라고 안 해도
나는 그를 대장부라고 하리라!

마음에 조바심과 망령됨을 갖지 말자!
오래 지나면 꽃이 피리라.
입에 비루하고 속된 것을 올리지 말자!
오래 지나면 향기가 피어나리라.

좌우명, 평생의 목표가 된 문장들

이덕무의 나이 18, 19세 때 자기 집 문설주 한쪽에 써놓은 글이다. 일종의 좌우명이다. 온종일, 한평생 망령된 말이나 생각을 하지 말자고 다짐하는 따위를 누가 대장부의 목표로 삼겠는가? 하지만 이덕무는 그러한 사람을 대장부라 부르겠다고 했다. 그는 여기서 한 걸음 더 나아갔다. 망령을 제거할 뿐만 아니라, 마음에 조바심을 내지 말고 입에 비루하고 속된 말을 담지 말자고 했다. 오래 그렇게 실천하다보면, 마음에서는 꽃이 피고 입에서는 향기가 일어날 것이라고 했다.

이 짧은 좌우명을 읽으면 단아하고 고고한 이덕무의 심성이 느껴진다. 가장 음미할 부분은 꽃이 피고 향기가 피어난다는 대목이다. 그는 실천의 대가를 벼슬이나 이익의 획득, 도덕적 향상에 두지 않았다. 마음에 꽃이 피고 입에 향기가 난다고 했다. 삶의 꽃과 향기를 위한 목표이기에 아름답다. 그런 점에서 도덕과 성공을 지향한 일반 좌우명이나 잠언과 다르다. 특히, 논리를 초월한 말이 묘미다. 이 글에, "백양숙이 '꽃이 피고 향기가 피어난다는 말은 부처의 말에 너무 가깝다. 조금 경계하는 마음을 갖는 것이 어떠한가?'라고 했다."라는 단서를 붙였다. 백동수는 아름다운 마음을 느낄 수는 있었지만 다소 비현실적으로 받아들였던 듯하다. 《이목구심서》에 그의 말을 듣고 서글픈 마음이 한참 들었다고 고백한 대목이 있다.

4

한가로움

原閒

사통팔달의 큰길 옆에도 한가로움은 있다. 마음이 한가롭기만 하다면 굳이 강호(江湖)를 찾아가고 산림에 은거할 필요가 있으랴?

내가 사는 집은 저잣거리 바로 옆이다. 해가 뜨면 마을 사람들이 장을 열어 시끌벅적하다, 해가 들어가면 마을의 개들이 떼를 지어 짖어댄다. 그러나 나만은 책을 읽으며 편안하다.

때때로 문밖을 나가보면, 달리는 자는 땀을 흘리고, 말을 탄 자는 빠르게 지나가며, 수레와 말은 사방팔방에서 부딪치며 뒤섞인다. 그러나 나만은 한 발 한 발 내디디며 천천히 걷는다.

저들의 소란스러움으로 내 한가로움을 놓치는 일 한 번 없다. 왜 그런가? 내 마음이 한가롭기 때문이다.

사방 세 치의 마음이 소란스럽지 않은 사람은 드물다. 그들의 마음에는 제각기 영위하는 것이 있다. 장사하는 자는 작은 금전을 놓고 다투고, 벼슬하는 자는 영욕(榮辱)을 다투며, 농사짓는 자는 밭갈이와 호미질하는 것을 다툰다. 바삐 움직이며 날마다 소망하는 것이 있다. 이러한 사람은 아무리 영릉(零陵) 남쪽 소상강(瀟湘江) 사이에 데려다놓는다 해도,[1] 반드시 팔짱을 낀 채 앉아서 눈을 감고 그들이 추구하던 것이나 꿈꾸고 있으리라. 그들에게 한가로움이 무슨 필요가 있으랴?

그렇기에 나는 말한다.

"마음이 한가로우면 몸은 저절로 한가롭다."

---

1 영릉은 중국 호남성(湖南省)의 소강과 상강 사이에 있는 지명으로, 풍경이 아름다운 곳으로 이름이 났다.

한가로움의 근원을 밝히는 글

〈원한(原閒)〉이란 제목은 '한가로움의 근원을 밝혀보겠다'는 뜻으로, 아무 일 없이 한가로운 자신의 삶을 한번 분석해보겠다는 의도다. 오(迂)와 치(痴)의 작자가 이제 다른 쪽으로 자신의 삶을 드러낸다.

이덕무는 서울의 종로 인사동에 살았다. 조선시대에 가장 번화한 곳이 바로 종로 네거리였다. 그는 시끌벅적한 시장 옆에 살면서 바쁘게 살아가는 인간 군상의 삶 가운데서 얻어내는 평화로움을 예찬했다. 그는 그러한 한가로움의 근원을 마음의 여유에서 발견한다. 마음이 소란스러운 사람은 아무리 풍경이 아름다운 곳에 데려다놓아도 돈 버는 꿈이나 꾸고 권력의 쟁취나 꿈꾼다고 했다.

이 글은 도시에 인구가 폭증하고 상업이 발달하면서 인간의 삶도 바빠진 현실을 배경에 깔고 있다. 전에 없이 바빠지고 소란스러운 삶을 경험하면서 여유와 한가로움이 18세기 사람들에게 동경의 대상이 되었다.

5

자(字)를 바꾸며

字懋官說

나 덕무(德懋)는 나이 열여섯에 관(冠)을 쓰고 자(字)를 명숙(明叔) 이라 지은 뒤부터 그렇게 불린 지 어느새 12년째다. 그런데 자는 본래 남과 구별하여 서로 혼동을 일으키지 않고, 여러 개가 아닌 한 개만 써야 한다. 자가 같으면 혼동을 일으키고, 혼동을 일으키 면 부르기를 꺼리며, 부르기를 꺼리면 여러 개로 파생된다.

그런데 과거의 명사와 현인, 존귀한 정승과 판서, 내가 상대하 는 벗들과 신분이 낮은 아전과 백성뿐만 아니라, 열 가구가 사는 우리 마을이나 우리 일족이 모인 자리에도 명숙이란 자를 쓰는 사 람이 너무 많다.

언젠가 과거 시험장에 들어갔을 때 "명숙이!" 하고 부르는 자가 있어 불현듯 "날세!" 하고 대답했더니 나를 부른 것이 아니었다.

저잣거리를 지나갈 적에 "명숙이!" 하고 부르는 자가 있어 돌아보았더니 나를 부른 것이 아니었다. 그래서 어떤 때에는 여러 차례 불러도 일부러 대답하지 않았더니 이번에는 진짜 나를 부르는 소리였다. 대꾸해도 어긋나고 대꾸하지 않아도 어긋나니, '남과 구별하여 서로 혼동을 일으키지 않아야 한다'는 자의 쓰임새가 어디에 있단 말인가?

또 일가친척이나 알고 지내는 사람들이 자기의 부형이나 선조의 자를 기휘(忌諱)하느라고, 나를 부를 때는 반드시 지(之)니 보(甫)니 여(汝)니 중(仲)이니 하는 글자를 넣어 부르되, 명(明) 자를 가지고 앞에도 넣고 뒤에도 넣어 부르기 때문에 내 자가 얼룩덜룩 대여섯 가지나 되는 꼴이다. 그럼에도 불구하고 나를 부르는 자는 주저거리고, 대답하는 나도 어색하기만 하니, '여러 개가 아닌 한 개만 써야 한다'는 자의 쓰임새가 어디에 있는가?

사정이 이러하므로 어떻게 자를 바꾸지 않을 수 있으랴!《서경》에 "덕무는 무관(懋官)이라"고 했으므로 무관이 내 자가 될 수밖에 없다. 이를 곧 족보에도 올리고 도장으로도 새길 것이다. 무릇 내 친족이나 친구 들은 앞으로 나를 무관이라 불러주어야 한다.《서경》에 또 "공무(功懋)는 무상(懋賞)이라"고 했으므로 그것으로 어린 동생의 이름과 자를 삼을 것이다. 무자년 설날에 무관이 쓴다.

'남과 구별하여 서로 혼동을 일으키지 않아야 한다'는 자의
쓰임새가 어디에 있단 말인가?
'여러 개가 아닌 한 개만 써야 한다'는 자의
쓰임새가 어디에 있는가?

자신을 설명하는 가장 짧은 문장, 자(字)

이 글은 자설(字說)에 속한다. 그는 28세 되는 새해 첫날, 자를 바꿔 지으며 이 글을 썼다. 어른이 되고 나면 성인의 이름을 함부로 부르기 어려우므로 자(字)를 지어 부른다. 그는 명숙(明叔)이란 자를 지어 사용했다. 그런데 문제가 한둘이 아니었다. 온 세상에 명숙이란 자를 쓰는 사람이 너무 많아, 자를 써야 할지 말아야 할지 기로에 섰다. 그래서 구별하기 위해 '명지(明之)'·'명보(明甫)'·'명여(明汝)'·'명중(明仲)'으로 바꿔 부르기도 하고, 또 명(明) 자를 뒤에다 붙여 부르기도 했다. 이래서야 자를 쓸 가치가 없다고 하여 바꾸기로 마음먹었다. 그래서 남들이 쓰지 않는 희귀한 자를 골라서 무관(懋官)이라 지었다.

사대부들은 이름과 자호(字號)에 큰 의미를 부여하여 자설을 많이 지었다. 특히 사변적 성향을 지닌 송대(宋代)의 고문가(古文家)들에 의하여 본격적으로 지어졌다. 우리나라에서는 고려 후기에 성리학을 수용한 이색(李穡)과 같은 작가 이래로 고문가들이 즐겨 지었다. 그들은 대체로 명분과 이념, 봉건적 함의를 담아 자와 호에 중후한 의미를 부여했다. 반면에 이 자설은 다른 각도에서 착안했다. 의미가 아니라 사용의 편의성을 중시하여 기의(記意, signifié)를 앞세우지 않고 기표(記標, signifiant)의 기능을 따라 작명한 것이다. 의미와 명분을 중시한 고문(古文)의 만연에 일종의 안티를 가한 것으로까지 읽을 수 있다.

6

칠십 리 눈길을 걷고

七十里雪記

때는 계미년(1763) 늦겨울 12월 22일이다. 나는 누런 말에 걸터앉아 충주(忠州)로 가기 위해 아침 녘에 이부(利富)고개[1]를 넘었다. 얼어붙은 구름이 하늘을 꽉 메우더니 눈이 펄펄 날리기 시작했다. 가로누워 날리는 눈발은, 마치 베틀 위에 씨줄이 오가는 듯, 어여쁜 눈송이가 귀밑 터럭에 내려앉아 내게 은근한 정을 표하는 듯했다. 앙증맞은 느낌이 들어 머리를 쳐들고 입을 크게 벌려 눈을 받아 먹었다.

　산속에 난 작은 길들이 가장 먼저 하얗게 바뀌었다. 먼 곳에 있

1　남한산성 남쪽에 있는 고개로 이부현(利孚峴)이라 쓰기도 한다.

는 소나무는 검은빛을 띠었다. 물이라도 든 양 푸른 소나무는 가까운 곳에 있음을 알겠다.

말라버린 수수깡이 밭 가운데 덩그러니 서 있는데, 눈이 바람을 몰고 스쳐 지나갈 때마다 휘익휘익 휘파람을 분다. 수수깡의 붉은 껍질은 꺾인 채로 거꾸로 매달려 있는데, 그 모양이 초서(草書)를 쓴 듯 자연스럽다.

말라버린 채 뻗은 수풀의 가지에 앉은 암수 까치는 대여섯 마리나 예닐곱 마리쯤 될까. 몹시도 한가로워 보였다. 부리를 가슴에 파묻고는 눈을 반쯤 감은 채 자는 듯 마는 듯한 새도 있고, 가지에 붙어 제 부리를 가는 새도 있고, 목을 에두르고 발톱을 들어 제 눈을 긁는 새도 있고, 다리를 들어 곁에 있는 까치의 날갯죽지 털을 긁는 새도 있다. 어떤 새는 눈이 정수리에 쌓이자 몸을 부르르 떨어 날려 떨어뜨린다. 눈동자를 똑바로 뜨고 한 곳을 주시하다가 날래게 날아가는 모양이 말이 비탈길을 달리듯 빠르다…….

눈이 쌓여 축 처진 가지가 어깨를 친다. 손바닥을 위로 펴서 눈을 받아 씹으니 맑은 향기가 감돈다. 눈에다 침을 뱉자 눈이 파랗게 바뀐다. 팔짱 낀 팔굽에 떨어져 쌓인 눈이 턱까지 닿을 듯하지만 털어버리고 싶지 않다.

따라온 마부는 주름이 잡히지 않은 뺨이 볼그레하고, 왼쪽 구레나룻은 숯검댕이 같은데 오른쪽 구레나룻은 ……과 같다. 눈썹도 마찬가지다.

그 모습을 보고 껄껄껄 웃다가 갓끈이 끊어질 뻔했다. 팔뚝에 쌓인 눈이 말갈기로 쏟아졌다. 나는 또 웃었다. …… 눈이 서쪽으로 날려 그의 오른쪽 눈썹에만 달라붙었다. 구레나룻도 눈썹을 따라 하얗다. 그 사람이 늙어서 하얀 것이 아니다.

다행히도 나는 수염이 없어 눈동자를 굴려서 내 눈썹을 치켜보니 왼쪽에 있는 눈썹이 유독 하얗다. 또 하하하 웃다가 말에서 떨어질 뻔했다. 저쪽에서 오는 사람과 내 쪽에서 가는 사람의 눈썹이 좌우를 바꿔 하얗다.

덤불이 우거진 곳에 쭈그린 암석이 곱사등이가 몸을 구부린 듯 버티고 있다. 정수리는 흰 눈을 이고 있으나 우묵하게 들어간 배는 눈이 쌓이지 않아 살짝 거무스름한 것이 찡그린 꼴이다. 귀신도 아니고 부처도 아닌 모양이 어찌 보면 호랑이를 닮기도 했다. 말이 히히힝 코를 불며 앞으로 가려 들지 않는다. 마부가 냅다 소리를 질러 꾸짖어서야 억지로 걸음을 떼었다.

느긋하게 말이 가는 대로 몸을 맡겼다. 무릇 칠십 리 길을 가는데 두메산골이 아니면 들녘이다. 나무 찍는 소리가 골짜기에 울려 퍼지거늘, 사방을 휘 돌아보아도 나무꾼은 숨어서 보이질 않는다. 하늘과 땅은 맞붙어서 어슴푸레하게 수묵(水墨)을 풀어놓은 듯 드넓게 넘실댄다. 뉘라서 이렇게 짙게 물감을 풀어놓았을까?

넓고 먼 들판이 시야에 들어와, 저문 강의 안개 낀 물가 풍경이 홀연히 산골짜기와 들판 사이에 펼쳐져 저것이 무엇일까 의아한 생각이 들었다. 돛대가 은은하게 안개 너머에서 때때로 출몰하고, 도롱이 입고 삿갓 쓴 노인이 고기를 메고 낚싯대를 끌면서 마을 어귀에 어렴풋이 보인다. 청둥오리가 끼욱끼욱 울면서 떼를 지어 날아와 나무에 모여들고, 저 멀리 햇볕에 말리는 어망(漁網)이 능수버들 숲에서 바람에 흔들거리는 풍경을 분간할 수 있다.

의아함을 견디지 못하여 마부에게 물었지만 마부도 나와 같다. 길 가는 나그네에게 물었더니 나그네는 마부와 같이 빙긋이 웃고는 말을 채찍질하여 이편으로 갔다. 멀리 보였던 풍경이 갑자기 눈앞에 바짝 다가왔다. 저문 강의 안개 낀 물가 풍경은 다름 아닌 황혼이 어둠으로 변하는 것이요, 돛대가 은은하게 보였던 것은 낡은 초가집이 장마를 겪어서 기둥과 통나무를 드러내놓고 서 있는데 백성이 가난하여 지붕을 이지 못한 모습이다. 도롱이 입고 삿갓 쓴 노인이 고기를 메고 낚싯대를 끌었던 모습은 두메산골에서 나오는 사냥꾼으로, 물고기는 꿩이고 낚싯대는 지팡이였다. 청둥오리는 오리가 아니라 검은 갈가마귀였고, 들에 사는 백성이 짜놓은 울타리가 가로세로 얼기설기하여 어망과 비슷했던 것이다. 빙긋이 웃은 나그네는 내가 잘못 본 것을 비웃은 게로구나!

곤주(昆珠)[2]의 주막집 호롱불 밑에서 쓴다.

---

2 남한산성에서 경안(慶安)을 지나 쌍령(雙嶺)을 넘어 이천으로 가는 길목에 있는 고개 이름이다. 곤주개(昆珠介)라고도 쓴다.

눈이 쌓여 축 처진 가지가 어깨를 친다.

손바닥을 위로 펴서 눈을 받아 씹으니 맑은 향기가 감돈다.

눈에다 침을 뱉자 눈이 파랗게 바뀐다.

팔짱 낀 팔꿈에 떨어져 쌓인 눈이 턱까지 닿을 듯하지만

털어버리고 싶지 않다.

....

설경의 정겨운 묘사

경쾌한 기분을 만끽하게 하는 감성적인 글이자 묘사가 돋보이는 아름다운 산문이다. 원문에는 군데군데 결자(缺字)가 보인다. 이 글은 이덕무가 23세 때 겨울에 충주로 가는 길에 눈을 만나 목도한 풍경을 기록한 유기(遊記)다. 남한산성에서 광주의 쌍령을 넘어가는 길에서 체험한 것을 묘사했다. 《연보》에는 이날 작자가 충주에 가서 중부(仲父)와 계부(季父)를 뵈었다고 했다. 무엇 때문에 갔는지, 가슴에는 무슨 상념을 가지고 누구와 동행했는지, 언제 출발해서 언제 돌아왔는지 등등, 유기에 등장하는 평상적인 내용은 전혀 기록하지 않았다. 다만 칠십 리 길을 가는 동안 폭설을 맞으며 목도한 풍경만이 드러나 있다.

눈이 내리기 시작하는 산골짜기의 고즈넉한 풍경, 내리는 눈송이를 받아먹는 모습, 눈발에 서 있는 수수깡, 가지에 앉은 대여섯 마리 까치들이 눈을 맞고 있는 갖가지 정경, 팔짱을 낀 팔뚝에 내려 쌓인 눈, 그리고 바람에 날린 눈이 뺨과 눈썹, 구레나룻에 쌓이는 모습, 바위에 눈이 쌓여 범으로 착각하게 만든 정경, 드넓은 평원에서 목도한 풍경의 착각. 대략 열 가지 정도의 일화로 짜여 있다. 친근하고 정겨운 느낌을 주는 장면들이다.

각 일화가 독립되어서 문장 전체에 변화를 주고 있다. 특별히 각양의 까치들을 묘사한 대목은 그 섬세한 관찰이 돋보이고, 한쪽 눈썹에만 하얗게 눈이 쌓인 모습을 보면서 웃는 장면은 해학적이면서도 정겹다. 멀리 보이는 풍경을 착각한 마지막 대목은 눈 내린 풍경의 환상을 추체험하게 만든다.

....

7

척독소품 6제(題)

(1) 초정(楚亭)을 질책하여주오與李洛瑞書九書 7

이 못난 사람은 단것에 대해서만은 성성이(오랑우탄)가 술을 좋아하고, 긴팔원숭이가 과일을 좋아하듯이 사족을 못 쓴다오. 그래서 내 동지들은 단것을 보기만 하면 나를 생각하고, 단것만 나타나면 내게 주지요. 그런데 어찌 된 일인지 초정(楚亭, 박제가)은 인정머리 없이 세 번이나 단것을 얻고서 나를 생각지도 않았고 주지도 않았소. 그뿐 아니라 다른 사람이 내게 준 단것을 몰래 먹기까지 했소. 친구의 의리란 잘못이 있으면 깨우쳐주는 법이니, 그대가 초정을 단단히 질책하여주기 바라오.

(2) 《맹자》를 팔아 밥을 해먹고與李洛瑞書九書 4

집 안에 값나가는 물건이라곤 겨우 《맹자》 일곱 권뿐인데 오랜 굶주림을 견디다 못해 이백 전에 팔아 그 돈으로 밥을 지어 꿀꺽꿀꺽 먹었소. 희희낙락 영재(泠齋, 유득공)에게 가서 한껏 자랑을 늘어놓았더니 영재도 굶주린 지 오래라, 내 말을 듣자마자 즉각 《좌씨전(左氏傳)》을 팔아 쌀을 사고, 남은 돈으로 술을 받아 내가 마시게 했소. 이야말로 맹자(孟子) 씨가 직접 밥을 지어 나를 먹이고, 좌구명(左丘明) 선생이 손수 술을 따라 내게 권한 것이나 다를 바 없지요. 그래서 나는 맹자와 좌구명, 두 분을 천 번이고 만 번이고 찬송했다오.

그렇다오. 우리가 한 해 내내 이 두 종의 책을 읽는다고 해도 굶주림을 한 푼이나 모면할 수 있었겠소? 이제야 알았소. 독서를 해서 부귀를 구한다는 말이 말짱 요행수나 바라는 짓임을. 차라리 책을 팔아서 한바탕 술에 취하고 밥을 배불리 먹는 것이 소박하고 꾸밈이 없는 마음 아니겠소? 쯧쯧쯧! 그대는 어찌 생각하오?

(3) 쌀독은 비었지만與鄭耳玉瑛 2

벗의 쌀독이 자주 바닥을 보인다니 나도 모르는 사이 한숨이 나오는군요. 그러나 하늘이 우리 같은 무리를 생겨나게 했을 때 이미 가난할 빈(貧) 한 글자를 점지해주었으니 거기서 도망할 길도 없거니와 원망할 것도 없소.

《설문(說文)》을 빌려주기 바라지만 이런 짓거리야말로 가난뱅이가 살아가는 방법이라오. 시험 삼아《설문》의 글자 모양으로 부자에게 쌀을 꾸는 편지를 써보시오. 쌀을 얻어내기는커녕 큰 욕이나 얻어먹을 게요. 어쩌면 좋단 말이오?

이 아우는 더위가 겁이 나서 보리자루마냥 앉아 있는데, 눈알에만 몇 섬의 졸음을 쌓아두고 있을 뿐, 쟁반에는 물고기 한 마리도 없다오. 괴상한 노릇이지요.

(4) 책을 받아보고與鄭耳玉琇 1

너무도 무료한 시간을 보내고 있을 때 친구가 홀연히 특이한 책을 빌려주었지요. 이야말로 회음후(淮陰侯, 한신)가 낚시터에서 낚싯줄을 드리운 지 정오를 한참 넘기고 있을 때 빨래하던 아주머니가 굶고 있는 왕손(王孫)을 불쌍히 여겨 밥을 준 일과 똑같구려. 어떤 행운이 그보다 낫겠소. 이 아우는 백 가지에 한 가지도 잘하는 것이 없고, 그저 두 눈알만을 갖고 있어 서책만 뚫어져라 보고 있지요.《준생팔전(遵生八箋)》을 뽑아 보내주면 좋겠소.

(5) 소꿉놀이與徐而中理修

담뱃대 한 자루와 좋은 담배 한 근을 받들어 올립니다. 이 일이 비록 자잘하기는 하지만 정말 재미가 있습니다. 우리가 하는 짓은, 어린아이들이 상수리와 대합 껍데기로 그릇을 삼고, 모래를 모아 쌀로 삼으며, 부서진 사금파리로는 돈을 삼아서 주고받기도 하고 물물교환하기도 하는 소꿉놀이와 너무도 흡사하군요. 그렇지만

거기에는 지극한 즐거움이 있답니다. 노형은 어떻게 생각하시는
지요?

(6) 고관에게 전해 주오 與人[1]

제가 근래 들었더니, 아무개 학사(學士)는 풍류와 문채(文彩)가 천
고에 휘황히 빛날 정도로서 하나의 기예를 가진 이라도 더할 나위
없이 아끼어 만나지 못할까 봐 염려한다고 했습니다. 저 같은 모
자란 사람에게도 헛된 명성을 잘못 듣고서 크게 칭찬했다 하니 재
주 없고 형편없는 제가 어떻게 이런 영예를 얻었을까요? 크게 고
무되면서도 부끄럽기도 하여 마음을 추스르기 어렵습니다.

　사람과 사람이 만나고 어울리는 것에는 그에 합당한 도리가 있
습니다. 제 초라한 집에 귀한 행차가 이른다면 부덕한 제가 감당
하기 어려울 뿐만 아니라, 옛날 법도가 아니라서 틀림없이 남들로
부터 말을 듣게 되니 양편에 모두 이롭지 않을 것입니다. 이것이
만나서는 안 되는 첫 번째 이유입니다.

　저는 친인척 가운데 높은 벼슬한 사람이 하나도 없어 평생토록
담비 꼬리털이나 매미 장식한 갓끈을 본 적이 없고, 대갓집 문에

1　이 편지는 문집에는 실려 있지 않고 윤광심(尹光心, 1751~1817)이 편찬한 《병세집(並世
　集)》에 실려 있다. 수신자를 밝히지 않았는데, 아마도 윤가기 같은 친구에게 보낸 편지로
　보인다. 저명한 고관 아무개가 이덕무를 만나고 싶다는 의사를 친구를 통해 전달했다. 친
　구가 여러 차례 한번 만나보라고 권유하자 이덕무가 거절한다는 분명한 의사와 그 이유를
　써서 보냈다.

는 발을 들여놓은 적이 없습니다. 지금 으스대고 옷자락 끌고 뻣뻣하게 얼굴을 쳐들고 찾아뵙는 일은 감히 할 수도 없고, 또 차마 할 수도 없습니다. 이것이 만나서는 안 되는 두 번째 이유입니다.

남의 집에서 만나기로 약속하고 상봉하여 교유를 튼다면 서로 왕래했다는 말은 나오지 않아도 대갓집에 옷자락 끌고 찾아가는 것과 뭐가 다르겠습니까? 이것이 만나서는 안 되는 세 번째 이유입니다.

저 해후(邂逅)라는 것은 미리 약속하지 않고 만나는 것을 말합니다. 우연히 만나 자연스럽게 교유를 트는 만남이지만 그와 같은 기막힌 우연은 이루어질 수 없습니다.

이런 몇 가지 장애물에 걸려서 저를 아끼는 그대의 간절한 마음을 저버리기보다는 차라리 왕래도 않고, 딴 곳에 약속도 정하지 않으며, 우연을 바라지도 않는 것이 좋겠습니다. 말똥말똥 서로를 그리워하며 마음에 두고 잊지 않고 영원토록 좋은 마음 갖는 편이 더 나을 것입니다.

큰 사귐은 꼭 얼굴을 봐야 하는 것도 아니고, 깊은 우정은 꼭 가깝게 지내야 하는 것이 아닙니다. 황면지(黃勉之)는 오중(吳中)의 포의에 불과하고, 이헌길(李獻吉)은 문장의 대가에다 지위까지 높아서 당세의 귀인으로 거드름을 피울 수 있었습니다. 그래도 천리 멀리 편지를 보내 결국 마음을 나누는 사이가 되었다 하니 예로부터 드문 성대한 행동이라 하겠습니다.

삶을 파고드는 핍진한 묘사

작자는 많은 편지글을 썼다. 《청장관전서(靑莊館全書)》에는 다섯 권이란 많은 분량이 편지로 구성되어 있다. 그의 편지는 다양한 주제와 문체를 가지고 있으나 그중에서도 젊은 시절에 쓴 편지가 어떤 문체보다도 아름답다. 기지와 해학, 장난기가 넘치는 유머러스한 문장에 생활의 정취와 애환이 짙게 풍기는 그의 척독소품은 예술적 향기가 높다. 그중에서 여섯 편을 뽑았다.

정인(情人) 사이의 치정(稚情)이나 동심을 느끼게 하는 것이 초정에게 보낸 편지이고, 젊은 학인이 아끼던 책이라도 팔아 굶주림을 모면하려는 곤궁한 생활상을 고백한 것이 이서구와 정이옥에게 보낸 편지다. 또한 서책을 빌리고 담배를 선물하는 선비들의 멋스런 유희가 보이는 것이 정이옥과 서이수에게 보낸 편지다. 마지막으로 고관이 만나자고 청을 넣어도 염치를 지켜 만나지 않으려는 선비다운 지조와 금도를 보인 편지가 있다.

어떤 편지이든 솔직하게 자신을 드러내고, 은유와 비유가 구사되며, 그들의 생활과 정서에 깊이 공감하도록 이끈다. 그와 친구들의 생활과 마음속에 파고든 것 같은 착각마저 들만큼 생활감정을 핍진하게 묘사했다. 그의 척독소품은 편지가 지닌 산문 예술의 높은 수준을 보여준다.

8

들에서 굶주리는 사람

野餒堂記

야뇌(野餒, 들에서 굶주리는 자)란 누구인가? 내 벗 백영숙(白永叔)의 자호(自號)다. 내가 본 영숙은 기걸(奇傑)하고 준수한 군자이건만 무슨 연고로 더럽고 낮은 자리에 머물기를 자처하는 것인가? 나는 그 이유를 오래전부터 알고 있다.

속티를 벗은 채 무리를 지어 다니지 않는 군자를 보면 사람들은 반드시, "저 사람은 얼굴과 생김새가 고풍스럽고, 옷 입은 품새는 시속을 따르지 않으니 야인(野人)이다. 내뱉는 말은 질박하고 행동은 시속을 따르지 않으니 뇌인(餒人)이다."라며 조롱하고 비웃는다. 그러면서 그와는 친구로 어울리지 않는다. 너나 할 것 없이 온 세상이 모두 그렇다.

그러면 야뇌라고 불리는 사람은 쓸쓸하게 홀로 다니며 세상 사람들이 자신을 끼워주지 않는 것을 탄식한다. 그중에는 후회하여 본모습을 내팽개치는 자도 있고, 괴상한 행동을 하여 제 본바탕을 버리는 자도 있다. 그들은 점차로 각박한 인간으로 변해간다. 이런 자가 어찌 진정한 야뇌겠는가? 야뇌다운 사람을 찾아볼 수 없다.

백영숙은 예스럽고 질박하며 성실한 사람이다. 성실한 사람이어서 세상의 화려함을 사모하거나, 질박한 사람이어서 세상의 속임수를 좇아가는 일을 차마 하지 못하여 뻣뻣하고 굳세게 자립하여 살아간다. 이 세상 밖에 사는 방외인과도 비슷하다. 그러자 세상 사람들이 떼를 지어 그런 그를 비방도 하고 매도도 한다. 그럼에도 불구하고 백영숙은 야인임을 후회하지 않고, 뇌인임을 부끄러워하지 않는다. 그러니 이 사람을 진정한 야뇌라고 할 수 있으리라! 누가 그 실정을 아는가? 내가 잘 안다.

그렇다면 야뇌라고 불리는 자는 세상 사람들이 더럽게 여기고 낮추어보는 대상이지만, 나는 오히려 그대가 야뇌가 될 것을 기대한다. 앞에서 내가 말한, 더럽고 낮은 자리에 머물기를 자처한다는 것은 격한 마음에 내뱉은 말이다.

내가 그의 마음을 이해한다 하여, 백영숙이 지금까지 한 말을 써달라고 하므로 이 글을 써서 그에게 준다. 혹여라도 이 글을 가져다가 말을 간교하게 하고 낯빛을 아름답게 꾸미는 자에게 보인다면, 그들은 반드시 "이 글을 쓴 자는 너보다 더한 야뇌다!" 하면서 비웃고 욕할 것이다. 그렇다고 내가 성을 낼 게 무엇이람!

신사년(1761) 1월 20일에 한서유인(寒棲幽人)은 쓴다.

태평성대 속 낙오자의 동병상련

백영숙의 이름은 백동수(白東修)로서 이덕무의 처남이다. 그는 무인으로서 무과에 급제하여 선전관(宣傳官)을 지내고《무예도보통지(武藝圖譜通志)》의 편찬을 주도할 만큼 학식을 겸비한 인물이었다. 많은 기록에 그가 의리 있는 호걸이었다고 전한다.

백동수는 이상한 호를 지어서 썼다. '들에서 굶주리는 사람'이란 자학적 분위기가 풍기는 호다. 그는 태평성대에 여유롭고 화려하게 생을 영위하는 사람들 틈에서 소외된 채 살아가는 지성인임을 자처했다. 그는 야인으로, 뇌인으로 살면서 여세추이(與世推移)하지 않겠다고 했다. 화려함과 거짓으로 가득 찬 세상과 대결하려는 심사다. 사람들이 차츰차츰 대결을 피해 세상에 물들어가 진정한 야뇌가 없는 세상에서 이덕무는 백동수야말로 진정한 야뇌라고 파악한다. 마지막으로 "이 글을 쓴 자는 너보다 더한 야뇌다!"라는 말을 덧붙였다. 지식인의 소외와 결벽, 동병상련이 그 주제다.

9

섭구충 이야기

山海經補(東荒) 一

박미중(朴美仲, 박지원)은 나와 같은 마을에 산다. 그와는 아침저녁
으로 문아(文雅)한 대화를 주고받으며 지내는데, 간혹 서로 글을
지어 희학하면서 무료한 마음을 기탁하곤 했다. 그런 그가 언젠가
내게 《이목구심서》를 보여달라고 청했다. 편지를 무려 세 번이나
받은 끝에 나는 허락하고야 말았다. 하지만 바로 다음 날 나는 편지
를 띄워서 그 책을 돌려달라고 부탁하고 이렇게 말했다.

"저는 귀와 눈은 바늘귀 같고, 입은 지렁이 구멍 같으며, 마음은
겨자씨만 하니 그저 훌륭한 분들의 비웃음이나 자초할 뿐입니다."

그랬더니 박미중이 내 편지의 행간에다, "이 벌레는 이름이 무
엇인고? 사물에 해박한 그대가 따져볼지어다!"라고 쓴 것이 아닌
가! 나는 또 편지를 띄워 이렇게 대꾸했다,

"한산주(漢山州) 조계종 종본탑(宗本塔) 동쪽에 예로부터 이씨가 살면서 벌레를 한 마리 키웠답니다. 그 벌레는 이름이 섭구(囁懼)라 하는데 성질이 양보하기를 잘하고 숨기를 좋아합니다."

그러자 박미중이 장난 삼아 〈산해경보(山海經補)〉라는 글을 지어 나라는 위인을 섭구충(囁懼蟲)이란 벌레로 풀이했다. 나는 또 곽경순(郭景純)의 《산해경주(山海經注)》를 흉내 내어 장난 삼아 글을 지어 내 책이 섭구충의 책이라고 해명했다.

그렇다면 섭구란 무슨 말인가? 귀·눈·입·마음[耳目口心]을 일컫는다. 또 섭(囁)은 '감히 말을 함부로 하지 못한다'는 뜻을 가졌고, 구(懼)는 구(懼)로 '전전긍긍 조심함'을 뜻한다. 《이목구심서》란 본래부터 이런 취지의 책이다.

어떤 자가 "눈이 두 개에다 입이 하나, 마음이 한 개인 것은 옳다. 그런데 귀가 세 개인 이유는 무엇인가?"라고 물었다. 그 질문에는 귀로 듣는 것이, 눈으로 보고 입으로 말하고 마음으로 생각하는 것보다 낫다고 답하면 될 것이다.

백제의 서울로부터 서북쪽 300리 되는 곳에 탑이 하나 있다. 탑의 동쪽에 벌레가 사는데 그 이름이 섭구다. 그 벌레의 귀와 눈은 바늘귀 같고, 입은 지렁이 구멍 같다. 그 성품이 매우 지혜로운데

---

1 경순은 진(晉)나라의 학자 곽박(郭璞, 276~324)의 자다. 그는 많은 고적에 주석을 달았는데, 그 가운데 《산해경》에 단 주석이 유명하다.

양보를 잘하고 숨기를 좋아한다. 팔이 둘이요 다리가 둘이며, 다섯 손가락을 모으면 하늘을 가리킬 수 있다. 그 마음은 겨자씨만 하다. 먹물 먹기를 잘하고, 토끼를 보기만 하면 그 털을 핥아댄다. 그 버릇을 가지고 늘 자기 이름으로 삼았다(또 하나의 이름은 영처嬰處라고 한다). 이 벌레가 나타나면 천하가 문명의 세계가 되고, 이 벌레를 먹으면 완악(頑惡)하고 둔하며 은혜를 베풀지 못하는 병을 고칠 수 있으며, 마음과 눈을 밝게 만들어 사람의 지혜와 지식을 더해준다. 미중이 장난 삼아 짓는다.

곽경순을 흉내 내어 주를 단다. 내가 살펴보니, 섭구라는 벌레는 몸뚱이는 네모나고 조용하다. 얼굴빛은 하얗지만 헤아릴 수 없이 많은 검은 반점을 갖고 있다. 크기는 주척(周尺)[2]으로 한 자를 넘지 않고 폭은 그 반밖에 되지 않는다. 잘 먹여 길렀더니 책벌레〔脉望〕[3]가 되어 책 상자 가운데 몸을 숨겼다.

옛날에 이씨가 있어 본성이 깊숙한 곳에 숨고 물러나 양보하기를 좋아했다. 자기처럼 몸을 잘 숨기는 벌레를 사랑하여 남몰래 그 벌레를 키워 점차 번식을 시켰다. 보고 듣고 말하고 생각하는 것이 참으로 서로 깊은 관련이 있다.

---

2 자의 하나. 《주례(周禮)》에 규정된 자로서, 한 자가 곱자의 6치 6푼, 즉 23.1센티미터다.
3 좀벌레가 신선(神仙)이란 글자를 세 번 먹으면 맥망(脉望)이란 벌레가 된다고 한다.

이제 〈산해경보〉에서 "팔이 둘이요 다리가 둘이며 다섯 손가락에, 먹물을 잘 먹고 토끼털을 핥아대는데 스스로 영처(嬰處)라고도 부른다."라고 한 것은 모두 틀린 말이다. 《산해경》은 백익(伯益)의 저서[4]라고 하지만 황당무계하기 때문에 육경(六經)에 끼이지 않는다. 지금 〈산해경보〉를 지은 사람은 아무래도 제(齊) 동쪽에 사는 야인으로 보인다. 섭구충은 내가 일찍이 오유 선생(烏有先生)[5]으로부터 들은 바 있고, 오유 선생은 무하유향(無何有鄕)[6] 사람에게 들었으며, 무하유향 사람은 그것을 태허(太虛)로부터 들었다.

---

4   백익은 하(夏)나라 우(禹)임금 때의 신하로, 우임금을 보좌하여 치수(治水) 사업에 공을 세웠다. 그때 천하를 다니면서 산천과 지리, 초목과 짐승, 풍속 등을 기록했는데, 그것이 《산해경》의 소재가 되었다고 보는 견해가 있다.

5   한(漢)나라 사마상여(司馬相如)의 〈자허부(子虛賦)〉 가운데 나오는 허구의 인명이다. '어디에도 그런 사람이 없다'는 뜻으로 허구적 인물을 가리킬 때 사용한다.

6   '어디에도 없는 곳'이라는 뜻으로 현실의 제약을 벗어난 이상향을 가리킨다.

해학적이고 실험적인 문체

이 글은 희작(戲作)이다. 연암 박지원과 더불어《이목구심서》를 매개로 하여 장난스럽게 지어본 글이다. 글의 체제는 이덕무의 〈소서(小序)〉－박지원의 〈산해경보(山海經補)〉－이덕무의 〈의곽경순주(擬郭景純注)〉, 3단으로 되어 있다. 이 시기 문인들의 품격 있는 해학과 재치와 상상력을 잘 보여주는 글이다.

《이목구심서》는 청언소품집으로 책의 제목은 '귀로 듣고 눈으로 보고 입으로 말하고 마음으로 생각한 것을 기록했다'는 뜻이다. 이 이(耳)·목(目)·구(口)·심(心)을 합자(合字)하여 섭구(囁思)라는 글자를 만들었다. 이 단어는, '말을 조심스럽게 하고, 전전긍긍 두려워하는 사람'이란 뜻이다. 이에 박지원은 장난 삼아 이덕무를 섭구충이란 벌레에 의탁하여《산해경》 양식으로 글을 꾸며 그의 사람됨을 묘사했다. 그러자 이덕무는 곽박(郭璞)의《산해경주(山海經注)》양식으로 글을 써서, 자신이 섭구충이 아니라 자신의 책이 섭구충이라고 변론했다.

이 글은 전체가 모두 가공(架空)의《산해경》문체로서, 이덕무의 사람됨을 은연중 드러낸다. 간서치와도 유사한, 특이한 하나의 인간형을 섭구충이라고 명명하여, 조심조심 살면서 책이나 파먹는 존재로 자신을 희화화했다. 이처럼 해학적이고 실험적 문체가 이 시기 소품문의 또 하나의 특징이다.

10

내게 어울리는 인생의 예찬

適言讚 幷序

서문

사물은 진짜를 통해 생성되고, 만사는 진짜를 통해 영위된다. 따라서 진짜의 확립을 맨 앞에 두었다. 진짜를 확립한 뒤에 제 운명을 살피지 않으면 적체될 것이다. 따라서 운명의 관찰을 그다음에 두었다. 운명을 관찰한 뒤에 미혹(迷惑)을 병으로 여기지 않으면 방탕에 빠지게 될 것이다. 따라서 미혹의 거부를 그다음에 두었다. 미혹을 거부한 뒤에 남의 훼방으로부터 도피하지 않으면 해코지를 당할 것이다. 따라서 훼방으로부터의 도피를 그다음에 두었다. 훼방으로부터 도피한 뒤에 영혼이 즐겁지 아니하면 몸이 수척하게 될 것이다. 따라서 영혼의 즐거움을 그다음에 두었다. 영혼이 즐거운 뒤에 진부함을 제거하지 않는다면 고루하게 될 것이다. 따라서 진부함의 제거를 그다음에 두었다. 진부함이 제거된 뒤에 벗을 가려서 사귀지 않는다면 방종하게 될 것이다. 따라서 벗의 선택을 그다음에 두었다. 기(氣)가 이 우주에 모여 있기에 사물도 있고 사건도 있어 마치 장난 같은 점이 있다. 따라서 우주의 희롱으로 글을 끝맺었다. 이를 총괄하여 적언(適言)이라 이름했으니 삼소자(三疎子, 윤가기)를 위한 글이다.

적(適)이란 즐거움이요 편안함이니, '나의 인생을 즐기고 나의 분수를 편안하게 여긴다'는 뜻이다. 또 적언은 '적절하게 말하여 억지를 부리지 않는다'는 뜻이다. 삼소자는 그 태도가 온화하고 순종적이며, 마음가짐이 참으로 작고 내밀하다. 조심스럽게 자기를 지키면서 여유롭게 노닌다. 내가 그를 아름답게 여겨 여덟 개 예찬의 글을 짓는다.

예찬 1. 진짜의 확립

석록(石綠, 녹색 물감)으로 눈동자 새기고, 유금(乳金, 노란색 물감)으로 날개 물들인 나비가

선홍빛 꽃받침을 빨면서 하늘하늘 긴 수염을 말아 올리고 있다.

약삭빠른 날갯짓을 몰래 엿보며 똘똘한 어린애가 오래도록 기다리다가

별안간 쳐 살짝 잡았으나 산 것이 아니라 그림 속의 나비였구나!

진짜에 가깝고 몹시 닮았다 해도 하나같이 제이(第二)의 자리에

머무는 법.

진짜에 가깝고 몹시 닮은 것이 어디서 나왔는지를 똑똑히 살펴보라!

진짜 물건을 먼저 보아야만 가짜로 인해 속박당하지 않나니

갖가지 수많은 물상(物象)은 이 나비의 비유를 본보기로 삼을 일이다!

예찬 2. 운명의 관찰

이름은 현부(玄夫)요 자는 조화옹(造化翁)인 분이

크나큰 양성 기관을 도맡아서 하늘을 용광로로 삼았다.

질펀하게 기운을 걸러내고 탁하고 맑은 것을 가려내어

사물마다 운명을 부여했으니 그 오묘한 결과를 순순히 받아들여야지.

후하다고 은혜랄 것 없으니 박하다고 또 원통해하랴?

운명을 미리 엿보면 조급증에 걸리고, 교묘히 도피하면 흉한 법.

어제 할 일 어제 하고 오늘 할 일 오늘 하며, 봄에는 봄 일 겨울에는 겨울 일,

이렇게 하고 이렇게 하여 처음처럼 끝을 맺으리라.

예찬 3. 미혹의 거부

인간의 큰 근심은 혼돈이 뚫린 태초부터 발생하여

꾸미고 수식함은 넘쳐나고 진실과 소박함은 사라졌다.

색(色)에 곯고 재물을 탐하며, 눈짓으로 말하고 이마로 꿈쩍이며,

혀를 부드럽게 굴려 달콤한 말 꾸며내고, 뱃속과는 반대의 말로 칼날을 숨긴다.

앞에서는 절을 하고 뒤에서는 비판하며, 벗이라고 끌어다가 면전에서 망신 주니

빼어난 기상은 허물을 잉태하고 화려한 재능은 횡액을 불러들인다.

선비가 장사치의 돈 꿰미를 탐내고, 사나이가 아녀자의 수건을 뒤집어쓰고 있다.

어째서 품성의 배양을 잊는 것일까? 복록(福祿)이 사라질까 두려워한다.

예찬 4. 훼방으로부터의 도피

재능이 명성을 부르지 않아도 명성은 반드시 재능을 따르고,

재앙이 재능에 달라붙지는 않으나 재능은 반드시 재앙을 초래한다.

재앙을 스스로 길러냈겠는가? 사실은 훼방이 불러들이는 법.

좋은 거문고는 쉽게 상하고 잘 달리는 말이 먼저 들피가 지며,

기이한 책은 좀벌레가 망가뜨리고 아름다운 나무는 딱따구리가 쓰러뜨린다.

빛나는 재주를 자랑하자니 해코지를 재촉하고 귀를 막고 있자니 바보에 가깝다.

바짝 다가가지도 말고 그렇다고 물러서지도 말자. 그러면 복된 세계가 따로 열리겠지.

자연이 준 제 바탕을 지켜서 무고한 시기를 멀리 떠나보내자.

예찬 5. 영혼의 즐거움

물고기는 지혜롭고 새는 신령하며, 바위는 수려하고 나무는 곱다.

내 정신은 저 자연의 경물과 어울려 즐겁고, 정감은 장소를 따라 옮겨간다.

법은 어찌 옛것만을 따르랴? 양식은 속된 것에 이끌리지 않으리라.

오묘하고 빼어난 문심(文心)을 특별히 갖추어 장애와 구속을 시원스레 벗어나리라.

대지를 흐르는 가을 물, 하늘에 떠 있는 봄 구름처럼

마음의 지혜와 눈동자는 영롱하기 가이없다.

구태여 술잔을 재촉할 필요 없고 거문고 줄 빠르게 타지 않아도 좋나니

턱을 괴고 낭랑하게 시를 읊조리면 묵은 병조차 어느새 사라질 것을.

예찬 6. 진부함의 제거

표범이 말을 낳고 말이 또 사람을 낳은 일도 있듯이[1]

변화의 계기는 매인 데 없고 계승과 혁신은 늘 새롭게 일어난다.

구속받는 선비는 좁은 문견으로 옛사람이 뱉어놓은 말만을 귀하게 여기지만

한 단계를 뛰어넘기는커녕 늘 얼마쯤 뒤떨어져 있다.

남의 걸음걸이를 배우다보면 오히려 절뚝거리게 되고[2] 서시(西施)를 흉내 내려 이맛살을 찌푸린다.

위대한 작가는 진실을 꿰뚫어보고서 썩은 것과 낡은 것을 씻어던지니

말의 외양을 무시하여 천리마를 얻은 구방고(九方皐)[3]처럼

옛것과 지금 것을 저울질하는 그의 눈동자는 크고도 진실하다.

예찬 7. 벗의 선택

옛사람은 보지 못하고 뒤에 올 현인은 만나지 못한다.

멀리 떨어져 어울리지 못하니 속마음을 누구에게 털어놓나?

크나큰 인연으로 같은 세상에 태어난 벗과

화기롭게 얼굴 맞대고서 가슴 활짝 열어 보인다.

---

1 《장자》〈지락편(至樂篇)〉에 "표범이 말을 낳고, 말이 사람을 낳으며, 사람은 자연으로 돌아간다."라는 내용이 있다.

2 연나라 사람이 조(趙)나라 수도인 한단(邯鄲)에 유학 가서 한단 특유의 걸음걸이를 배웠다. 그러다 보니 원래의 걷는 법을 잃어버려 기어서 연나라로 돌아오게 되었다.

3 구방고는 춘추시대 사람으로 말의 우열을 잘 판정했다. 그가 진목공을 위해 좋은 말을 구할 때, 털의 색깔이나 암수와 같은 겉모습은 보지 않고 말의 내면을 살펴 천리마를 얻었다고 전한다.

안방을 같이 쓰지 않는 아내요 동기가 아닌 형제 사이니[4]

살아서는 괄시하지 않고 죽어서는 뜨거운 눈물 흘린다.

학문은 보태주고 재능은 장려하며, 허물은 질책하고 가난은 구제하건만

기생충 같은 놈들은 뱃속에 시기심 채워 등 뒤에서 헐뜯는다.

예찬 8. 우주의 희롱

내 앞에도 내가 없고 내 뒤에도 내가 없다.

무에서 왔다가 다시 무로 되돌아간다.

많지도 않은 오직 나 혼자이니 얽매일 것도 구속될 것도 없다.

갑자기 젖을 먹던 내가 어느 사이 수염이 자라고,

어느 사이 늙어버리더니, 또 어느 사이 죽음을 맞는다.

큰 바둑판을 앞에 두고 호기롭게 흑백의 돌을 던지는 듯

큰 연희 무대 위에서 헐렁한 옷을 입은 꼭두각시인 듯

조급해하지도 않고 화도 내지 않으며 하늘을 따라서 즐기리라.

---

4 원문은 "不室而妻, 匪氣之弟"이다. 친구와의 깊은 우정을 표현하는 말로, 백탑시파 구성원들이 아주 즐겨 썼다. 박제가도 〈밤에 강산 이서구의 집에서 자며(夜宿薑山)〉란 시에서 "형제이지만 동기간은 아니요 / 부부이지만 안방을 같이 쓰지는 않네. / 사람이 하루라도 벗이 없다면 / 왼손이나 오른손을 잃은 것 같네."라고 했다.

정제된 형식, 자유로운 영혼

《병세집》에 실려 있는 젊은 시절의 글로서 《청장관전서》에는 누락되어 실리지 않았다. 삼소자(三疎子)는 절친한 친구인 윤가기(尹可基)의 아호다. 윤가기는 젊은 시절 시인으로 유명했다. 이 글은 윤가기를 위해 지었다. 글은 윤가기에게 주었지만 이덕무 자신의 생각을 담았다.

젊은 시절 이덕무는 다양한 문체를 실험했다. 정서적인 글을 비정서적 형식에 맞추어 쓴 이 글 역시 그중 하나다. 1, 2, 3, 4…… 번호를 매기고 소제목을 붙여 딱딱한 문서나 식순의 분위기를 풍기지만 사실은 대단히 정감을 자아내는 글이다. 〈윤회매십전〉도 이러한 양식의 글이다.

이 글은 운(韻)이 있는 4언체(言體)의 정제된 작품으로, 청년 이덕무의 인생관과 처세관, 문학관을 요약적으로 보여준다. 결코 현실에 부화뇌동하지 않고 가난을 감내하고 여유를 즐기면서 삶을 영위할 것이며, 진부함을 거부하고 진실에 입각하여 새로운 문학 세계를 개척하겠다는 각오가 담겨 있다. 삶의 목표를 여덟 가지 소주제로 다루고 있는 이 글은 이덕무의 사람됨과 그 시대 새로운 지식인·문인의 지향점을 특이한 체제와 멋진 운문으로 보여준다.

5

눈빛이 살아 있는 붓끝, 박제가

박제가

박제가(朴齊家)는 본관이 밀양(密陽)이고, 우부승지(右副承旨)를 지낸 박평(朴坪, 1700~1760)의 서자로, 1750년 11월 5일에 태어나 1805년 4월 25일에 죽었다. 자는 재선(在先)·차수(次修)·수기(修其)이며, 호는 초정(楚亭)·정유(貞蕤)·위항도인(葦杭道人)이다.

　박제가는 글씨를 잘 쓰고 시와 문장에 뛰어난 능력을 발휘하여, 18세기 후반의 문화계에서 명성이 자자했던 문인이자 학자다. 이덕무·유득공과 더불어 종래의 조선 한시와는 다른 참신한 시를 창작하여 일세를 풍미했고, 19세기와 20세기 전반까지 뛰어난 시인으로 군림했다. 우리 문단의 폐습을 혁신하는 데 열의를 가져, "선입견에 얽매이지 말고 세상의 비난을 두려워 말라! 늘 스스로 깨어 있어 오묘함을 잃지 말자(祭李士敬文)."라고 친구에게 권고한 말에서 알 수 있듯이, 일체의 권위와 관습 및 제도에 도전한 혁명가적 풍모를 지녔다. 실제로 그는 참신한 시와 문장을 창작하여 문단에 커다란 반향을 일으켰다.

박제가는 문인이자 서예가로서 국내뿐만 아니라 중국에도 널리 명성을 떨쳤다. 또 그는 단순히 문인에 그치지 않고, 경세가(經世家)로서 조선의 부국강병을 주장한《북학의(北學議)》를 저술함으로써 개혁론자의 선구가 되었다.

경세가와 시인으로서의 큰 위상 때문에 산문가로서 크게 주목받지 못했지만 실제로는 빼어난 산문을 썼으므로 산문가로 자리매김할 수 있다. 많은 양의 산문 작품을 남기지는 않았지만, 작품 한 편 한 편이 질적으로 우수하다. 그는 이덕무나 김용행, 이진(李璡) 등의 서얼 문사와 어울려 지내던 10대부터 소품취가 완연한 산문을 즐겨 지었다. 문체 파동이 발생하여 1793년 1월, 소품문을 지은 죄를 반성하는 자송문(自訟文)을 바치라고 정조가 하명했을 때 그는 〈비옥희음송인(比屋希音頌引)〉을 지어서 오히려 소품문을 지을 수밖에 없다고 항변하는 글을 올린 일도 있다. 그 글은 그가 소품문의 영향을 깊이 받고 끝까지 독자적인 창작 방향을 지켜왔음을 입증한다.

박제가의 소품 산문 가운데 〈묘향산소기(妙香山小記)〉가 최고의 작품이다. 20세인 1769년에 쓴 이 작품은, 예민한 감수성으로 산수 여행의 멋을 묘사해낸 조선 후기 여행기의 백미다. 이 작품만이 아니라 〈궁핍한 날의 벗(送白永叔基麟峽序)〉, 〈낙향하는 어른을 보내며(送元玄川重擧序)〉와 같이 남을 전송하는 글이나 〈광인의 인생, 장인의 생애(祭外舅李公文)〉 같은 제문, 그리고 〈시의 맛(詩選序)〉과 〈꽃에 미친 김군(百花譜序)〉 같이 문집이나 작품에 붙인 서문에서는 인생의 절실한 체험과 풍부한 사고를 표현했고, 문학과 세계에 대한 깊이 있는 식견을 드러내었다.

    박제가의 산문 어디에서도 흔해빠진 주제, 식상한 표현, 진부한 사상은 찾아볼 수 없다. 그는 강개한 정서와 예리한 시각, 명징한 논변과 산뜻한 수사를 펼쳐 빼어나고 독특한 산문 세계를 보여주고 있다. 그의 산문은 대부분 《정유각문집(貞蕤閣文集)》에 실려 있다.

1

꽃에 미친 김군

百花譜序

벽(癖)이 없으면 그 사람은 버림받은 자다. 벽이란 글자는 질병과 치우침으로 구성되어 '편벽된 병을 앓는다'는 의미가 된다. 벽이 편벽된 병을 뜻하지만, 고독하게 새로운 것을 개척하고 전문 기예를 익히는 것은 오직 벽을 가진 사람만이 가능하다.

김군은 곧장 화원으로 달려가서 꽃을 주시한 채 하루 종일 눈한번 꿈쩍하지 않는다. 꽃 아래에 자리를 마련하여 누운 채 꼼짝도 않고, 손님이 와도 말 한 마디 건네지 않는다. 그런 김군을 보고, 미친 놈 아니면 멍청이라고 생각하여 손가락질하고 비웃는 자가 한둘이 아니다. 그러나 그를 비웃는 웃음소리가 미처 끝나기도 전에 그 웃음소리는 공허한 메아리만 남기고 생기가 싹 가시게 되리라.

김군은 만물을 마음의 스승으로 삼고 있다. 김군의 기예는 천고(千古)의 누구와 비교해도 훌륭하다. 《백화보(百花譜)》를 그린 그는 '꽃의 역사'에 공헌한 공신으로 기록될 것이며, '향기의 나라'에서 제사를 올리는 위인이 될 것이다. 벽의 공훈이 참으로 거짓이 아니다!

아아! 벌벌 떨고 게으름이나 피우면서 천하의 대사를 그르치는 위인들은 편벽된 병이 없음을 뻐기고 있다. 그런 자들이 이 그림을 본다면 깜짝 놀랄 것이다.

을사년(1785) 한여름에 초비당(茗翡堂) 주인이 글을 쓴다.

벽이 편벽된 병을 뜻하지만,

고독하게 새로운 것을 개척하고 전문 기예를 익히는 것은

오직 벽을 가진 사람만이 가능하다.

벽(癖)에 대한 소신

여기서 김군은 김덕형(金德亨)이다. 그는 호가 삼양재(三養齋)이고, 자는 강중(剛仲)이다. 그에 관해《진휘속고(震彙續考)》에는 "김덕형은 글씨와 그림을 잘했고, 또 시와 부를 잘 지었다. 특히, 화훼(花卉)를 뛰어나게 잘 그렸다. 그가 화훼를 한 폭 그리면 사람들이 서로 가지려고 다투었다. 그때 표암(豹菴) 강세황 판서가 그를 몹시 소중하게 여겼다. 그는《백화첩(百花帖)》을 남겼는데 그 집에 보관되어 있다."라고 기록했다. 여기서《백화첩》이 바로 박제가가 말한《백화보》다. 내 생각에 이 화첩은 20세기 초반까지 전해 온 것이 분명한데 현재 그 종적을 알 수 없다.

화훼를 전문적으로 그리는 화가를 평가하는 자리에서, 평범하고 상식적인 세계에 안주하며 틀에 짜맞춘 규격품 같은 사고를 하는 인간을 혐오하는 관점을 분명하게 제시했다. 그가 벽이라고 말한 독특한 병은 개성을 창출하기 위한 기본적인 전제다. 굳이 말하자면 마니아다.

한 가지에 몰두하는 벽에 대한 예찬은 박제가의 소신이다. 이는 명말청초(明末淸初)의 문인들에게서도 발견되고, 조선의 동시대 문인들에게서도 자주 발견된다. 당시의 대표적인 소품가 장대(張岱)는 〈다섯 이인의 전기(五異人傳)〉에서 "벽이 없는 사람과는 사귀지 말라. 깊은 정이 없기 때문이다. 흠이 없는 사람과는 사귀지 말라. 진실한 기운이 없기 때문이다."라고 했고, 이덕무는《이목구심서》에서 "기이하고 빼어난 기상이 없으면 어떠한 사물이든지 모두 속됨에 빠진다. 산이 이 기운이 없으면 부서진 기와 조각이요, 물이 이 기운이 없으면 썩은 오줌이요, 학자가 이 기운이 없으면 묶어놓은 꼴이요, 방외인이 이 기운이 없으면 뭉쳐놓은 진흙덩이요, 무인이 이 기운이 없으면 밥 보따리요, 문인이 이 기운이 없으면 때 주머니에 불과하다."라고 했다.

··········

2

시의 맛

詩選序

작품을 뽑는 방법은 온갖 맛을 모두 살리되 한 가지 색깔로 만들지 않는 것이 그 요체다. 그렇다면 '뽑는다'는 것은 무엇인가? 선택을 하되 서로 뒤섞이지 않도록 하는 것이다. 온통 한 가지 색깔로 만드는 것은 뽑아서 다시 뒤섞는 것에 불과하므로 애초부터 뽑았다고 할 수 없다.

그렇다면 맛이란 무엇인가? 저 구름과 노을, 비단과 자수를 보지 못했는가? 그것을 보고 있노라면 잠깐 사이에도 마음과 눈이 함께 그리로 쏠리고, 지척의 거리에도 흐리고 맑은 경물이 달라진다. 그 모습을 대충 보아 넘기면 그 실상을 알아볼 수 없지만, 꼼꼼하게 음미하면 그 맛은 무궁하다.

무릇 사물이 갈피를 잡지 못할 만큼 변화하여 마음을 움직이고 눈을 즐겁게 하는 것, 그 모두가 맛이다. 입이 관할하고 있는 것만이 맛은 아니다. 그런데 시를 뽑는 자리에서 굳이 맛을 기준으로 말하는 이유는 무엇인가? 짜고 시고 달고 쓰고 매운 이 다섯 가지 맛은 혀가 느껴서 얼굴에 표현된다. 맛을 속일 수 없는 것이 이와 같다. 이와 같지 않으면 그것은 맛이 아니다. 맛을 느낄 수 없는 음식은 먹지 않는다.

그렇다면 시를 뽑는 방법이 저 맛을 느끼는 것과 다른 점은 무엇이고, 온갖 맛을 모두 함께 살려야 한다고 한 이유는 무엇인가? 선택을 하되 획일적이지 않도록 하고, 또 많은 맛 중에서 각각 하나씩을 뽑아 올리라는 말이다.

신맛은 알면서 단맛은 모른다면 맛을 아는 자가 아니다. 단맛과 신맛을 저울로 달아서 조절하고, 짠맛과 매운맛을 적당히 짜맞추어 옹색하게 채워 넣는 자는 뽑는다는 것의 의미를 모르는 자다. 신맛이 필요할 때에는 극히 신맛을 택하고, 단맛이 필요할 때에는 극히 단맛을 택해야 한다. 그렇게 해야만 맛에 대해 말할 자격이 있다.

공자께서는 "음식을 먹지 않는 사람은 없지만 그 맛을 잘 아는 자는 드물다."라고 말씀하셨다.[1] 이 말씀을 통해서 성인은 꼼꼼한 마음을 가졌음을 알 수 있다. 그렇기 때문에 입에서 느끼는 맛을

---

1 《중용(中庸)》에 나오는 구절이다.

통하여 말로 표현하지 못하는 오묘한 이치를 터득한 것이다.

　속인들은 온통 한 가지 색깔로 모든 것을 파악하여, 날마다 접촉하면서도 그 맛을 분간할 줄 모른다. 누군가 "물은 어떤 맛인가?"라고 묻는다면 그들은 이렇게 대답할 것이다.

　"물은 아무런 맛이 없다."

　그러나 목마른 자가 물을 마셔보라! 그러면 천하의 그 어떤 맛난 것도 이보다 더하지 않으리라.

　지금 그대는 목마르지 않다. 그러니 저 물의 맛을 무슨 수로 알겠는가?

....

시에 대한 '입맛론' 비평

시를 뽑아 선집을 만들면서 박제가는 그 기준으로 맛[味]을 제기한다. 맛이란 그것을 느끼는 사람의 주관적인 입맛이 있고, 또 신맛·짠맛 등 객관적인 다섯 가지 맛이 있다. 선집이란 모름지기 그 다채로운 맛을 느낄 수 있도록 만들어져야 한다.

박제가는 〈비옥희음송인〉에서도 시문을 논하며 그 기준을 맛에 두었다. 그 글에서 박제가는, 남과 나는 서로 다른 취향을 가지고 있고, 그것은 입맛의 차이에 비교할 수 있다고 했다. 이것을 박제가의 입맛론 비평이라고 할 수 있겠다. 입맛론에는 획일주의를 극도로 혐오한 관점이 잘 나타나 있다. 학문이고 문학이고 사상이고 사회이고 간에 다양한 가치를 존중해야 한다는, 다원주의에 기초한 그의 열린 관점이 명료하게 드러난다.

....

3

궁핍한 날의 벗

送白永叔基麟峽序

천하에서 가장 친밀한 벗으로는 곤궁할 때 사귄 벗을 말하고, 우
정의 깊이를 가장 잘 말한 것으로는 가난을 상의한 일을 꼽습니
다. 아! 청운(靑雲)에 높이 오른 선비가 가난한 선비 집을 수레 타
고 찾은 일도 있고, 포의(布衣)의 선비가 고관대작의 집을 소맷자
락 끌며 드나든 일이 있기는 합니다. 하지만 그렇게 절실하게 벗
을 찾아다니지만 마음 맞는 친구를 얻기는 어려운데 그 이유가 무
엇일까요?

벗이란 술잔을 잡고 은근한 정을 나누며 손을 부여잡고 무릎을
가까이하여 앉는 자를 의미하는 것만은 아닙니다.

말하고 싶은 것이 있어도 입 밖으로 꺼내지 않는 벗이 있고, 말
하고 싶지 않은 것이 있으나 저도 모르게 저절로 입 밖으로 튀어

나오는 벗이 있습니다. 이 두 부류의 벗에서 우정의 깊이를 가늠할 수 있습니다.

아끼는 것이 없는 사람은 없으므로 누구나 사유(私有)하고 싶어하고, 사유의 대상으로는 재물보다 심한 것이 없습니다. 또한 사람은 남에게 부탁할 일이 생기지 않을 수 없는데 누구나 그런 부탁을 꺼리고, 꺼리는 대상으로는 재물보다 심한 것이 없습니다. 사유한 재물을 논하는 것도 꺼리지 않는 친구라면 다른 것은 오죽하겠습니까!

《시경》에 "옹색하고 가난한 내 처지! 힘든 줄 아는 자 하나도 없네!"라는 시구가 있습니다. 내가 아무리 간구(艱苟)하게 살아가도 남들은 털끝만큼도 제 것을 덜어 보태주지 않습니다. 그렇기 때문에 남이 베푼 은혜에 감동하거나 원한에 사무쳐하는 세상사가 일어납니다.

가난한 사정을 감추고 말을 꺼내기 싫어하는 사람이 있다고 합시다. 그 사람이 어찌 남에게 부탁할 일이 없을까요? 하지만 그는 집 문밖을 나서서는 억지로라도 웃는 얼굴을 하고 만나는 사람과 정담을 나눕니다. 차마 그가 오늘 먹어야 할 밥이나 죽에 대해서 몇 번이나 운을 뗄 수 있을까요?

그는 평소에 하던 이야기를 이것저것 두루 꺼내면서도 정작 지척에 놓여 있는 쌀궤의 자물쇠를 여는 일에 대해서는 감히 묻지 못합니다. 하지만 머뭇머뭇하는 사이에 대단히 꺼내기 힘든 말이 숨어 있습니다. 정말 부득이하기에 조금 운을 떼기 시작하여 잘

끌어가다 쌀이나 돈을 꾸어달라는 본론으로 화제를 돌릴 찰나, 상대방의 미간에 마뜩잖게 여기는 반응이 슬며시 나타나는 낌새를 알아차립니다. 그러면 앞에서 이른바 말하고 싶은 것이 있어도 입 밖으로 꺼내지 못하는 이야기를 설령 꺼낸다 하더라도 실상은 꺼내지 않은 것과 똑같게 됩니다.

그러므로 재물이 많은 사람은 남이 그에게 바라는 것이 싫으면 지레 재물 없음을 말해버리고 남의 기대를 아예 끊기 위해서 일부러 아무 말도 꺼내지 않습니다.

그렇다면 이른바 술잔을 잡고 은근한 정을 나누며 손을 부여잡고 무릎을 가까이하여 앉는 벗이라 해도, 대개는 서글픔에 휩싸여 떨어지지 않는 발걸음을 떼어 실의와 비감(悲感)에 차서 제집으로 돌아갑니다. 그렇지 않을 사람이 드물 것입니다.

저는 이 일을 통하여 알았습니다. 우정의 척도로 가난을 상의한다고 한 말이 쉽게 얻어진 것이 아니고, 무언가에 격분하여 그렇게 말한 것임을…….

곤궁할 때의 벗을 가장 좋은 벗이라고 말하거니와 허물이 없이 막되게 굴기 때문에 그러겠습니까! 또 요행으로 얻을 수 있다고 해서 그러겠습니까! 처한 사정이 같은 고로 지위나 신분에 얽매일 필요가 없고, 근심하는 바가 같은 고로 서로의 딱한 처지를 잘 이해한 것뿐이지요.

손을 맞잡고 노고를 위로할 때에는 반드시 친구가 끼니라도 제대로 잇고 있는지, 또 탈 없이 잘 지내는지를 먼저 묻고 그런 뒤에 살아가는 형편을 묻습니다. 그러면 말하고 싶지 않았던 것인데도 저절로 입 밖으로 튀어나옵니다. 친구의 처지를 안쓰러워하는 진실한 마음과 또 친구가 마음 써준 데 대한 감격이 그렇게 시킨 것입니다.

다른 사람에게는 말을 꺼내기가 지극히 어려웠던 사정도 이제는 망설임 없이 입에서 곧바로 쏟아져나와 말문을 막을 길이 없습니다. 어떤 때는 친구집 문을 벌컥 열고 들어가 안부를 묻곤, 하루 종일 아무 말 없이 베개를 청하여 한잠 늘어지게 자고 떠나기도 합니다. 그래도 다른 사람과 십 년간 사귀며 나눈 대화보다 낫지 않습니까?

그 이유는 다른 데 있지 않습니다. 벗을 사귐에 마음이 맞지 않으면 무슨 말을 나누어도 말을 꺼내지 않은 것과 똑같은 법입니다. 벗을 사귐에 간격이 없다면 비록 서로가 묵묵히 할 말을 잊고 있다 해도 좋은 것입니다. "머리가 세도록 오래 사귄 친구라도 처음 만난 것처럼 서먹서먹하고, 길거리에서 우연히 만나 사귄 친구라도 옛 친구와 다름없다!"[1]라고 한 옛말은 바로 이런 경우를 두고 한 것이 아니겠습니까?

저의 벗 백영숙(白永叔)은 재기(才氣)를 자부하며 세상에서 살아온 지 30년이로되 여태껏 세상의 인정을 받지 못하고 곤궁하게 지

---

1 추양(鄒陽)의 〈옥중에서 양왕에게 올린 글(獄中上梁王書)〉에 나오는 구절이다.

내고 있습니다. 그분이 이제 양친을 모시고 깊은 골짜기에 들어가 생계를 꾸려가려 합니다. 오호라! 그분과의 사귐은 곤궁함으로 맺어졌고, 그분과의 사귐은 가난함으로 채워졌습니다. 저는 그것이 못내 슬픕니다.

비록 그러하나, 저와 영숙의 사귐이 어찌 곤궁한 자의 우정에나 그치겠습니까? 영숙은 집안에 이틀 양식이 구비된 것도 아닐 텐데 저를 만나면 오히려 차고 있던 칼을 끌러서 술을 받아 마셨습니다. 마신 술로 거나해지면 소리 높여 노래 부르며 남을 깔보듯 꾸짖고는 껄껄 웃어버립니다. 천지간의 애환, 염량세태의 변화, 인생의 단맛·신맛이 그 속에 모두 담겨 있습니다. 아아! 영숙이 곤궁할 때의 벗에 불과했다면 그렇게 자주 저를 주저없이 따랐겠습니까?

영숙은 일찍부터 세상에 이름이 알려졌습니다. 그분과 우정을 맺은 사람은 나라 안에 두루 퍼져 있습니다. 위로는 정승·판서와 목사·관찰사가 그분의 벗이고, 다음으로 현인(顯人)·명사(名士) 또한 그분을 인정하고 치켜세웠습니다. 그 밖에 친척이나 마을 사람들, 그리고 혼인의 의를 맺은 사람들이 한둘이 아닙니다.

게다가 말을 달리고 활을 쏘며 검(劍)을 쓰고 주먹을 뽐내는 부류와 서화(書畵)·인장(印章)·바둑·금슬(琴瑟)·의술·지리(地理)·방기(方技)의 무리부터 시정의 교구꾼·농부·어부·푸줏간 주인·장사치 같은 천인에 이르기까지 길거리에서 만나서 누구하고나 날마다 도타운 정을 나눕니다. 또 줄을 이어 문을 디밀고 찾아오는 사람들을 상대하여 영숙은 누구냐에 따라 낯빛을 바꾸어 대우하여 그들의 환심을 얻었습니다.

또 각 지방의 산천과 풍속, 명물과 고적뿐만 아니라 수령의 치적과 백성의 숨은 불평, 군정(軍政)과 수리(水利)의 일에 이르기까지 모두 훤히 꿰뚫고 있습니다. 그러한 장기를 가지고, 사귀고 있는 많은 사람 사이에서 노닐고 있으므로, 마음껏 질탕하게 즐길 뜻에 맞는 친구 하나쯤 어찌 없겠습니까? 그런데 때때로 제집 문만을 두드립니다. 이유를 물으면 달리 갈 곳이 없다고 말합니다.

영숙은 저보다 나이가 일곱이 위입니다. 저와 더불어 같은 마을에 살던 때를 회고해보니, 그때는 동자였던 제가 벌써 수염이 나 있습니다. 십 년을 헤아리는 사이에 낯빛의 성쇠가 이와 같은데도 우리 두 사람은 하루와 같이 생각되니 그 사귐이 어떠한지를 알 수 있습니다.

오호라! 영숙은 평생 의기(意氣)를 중히 여겼습니다. 천금(千金)을 손수 흩어서 남을 도운 적이 여러 번이었습니다. 그러나 끝내 우대받지 못하여 사방 어디에서도 입에 풀칠조차 하지 못합니다. 활을 잘 쏘아 과거에 급제하기는 했으나, 녹록하게 세상의 비위를 맞추어 공명을 얻는 데 뜻을 두지 않았습니다.

이제 영숙이 또 집안식구들을 거느리고 기린협(基麟峽, 인제)으로 들어갑니다. 기린협은 옛날에는 예맥(濊貊)의 땅이었는데 험준하기가 동해 부근에서 제일이라 합니다. 그곳은 수백 리나 되는 땅이 모두 큰 산봉우리와 깊은 골짜기로, 나뭇가지를 부여잡고서야 들어갈 수 있다 합니다. 그곳 백성들은 화전(火田)으로 곡식을 가꾸며 판자로 집을 짓고 살 뿐이요 사대부는 살지 않는다 합니다. 소식은 겨우 일 년에 한 번 서울에 이를 것입니다. 낮이 되어 문밖을 나서면 열 손가락에 못이 박힌 나무꾼과 봉두난발의 광부(狂夫)만이 화로를 앞에 두고 빙 둘러앉아 있고, 밤이 되면 솔바람이 쏴르르 일어 집을 돌아 스쳐가고, 외로운 산새, 슬픈 짐승이 울부짖어 그 소리가 골짜기에 울려 퍼집니다. 옷을 떨쳐입고 일어나 사방을 휘 둘러볼 때, 눈물이 흘러 옷깃을 적시며 서글프게 서울을 그리워하지 않을 수 있을까요?

오호라! 영숙이여! 거기서는 또 무슨 일을 하렵니까? 한 해가 저물어가면 싸라기눈이 흩뿌리고, 산중이 깊은지라 여우·토끼가 살져 있으리니 활을 당기고 말을 달려 한 발에 맞춰 잡고, 안장에 비껴 앉아 한바탕 웃음을 터뜨린다면, 악착 같던 의지도 속 시원히 풀리고, 고독한 처지도 잊히지 않을까요? 어찌 또 거취(去就)의 갈림길에 연연해하고 이별의 순간에 미련을 가질 필요가 있으리오? 어찌 또 서울 안에서 먹다 남긴 밥이나 찾아다니고, 남들의 싸늘한 눈치를 보아가면서 남에게 하고 싶은 말을 꺼내지 못하는, 말 못할 처지의 꼬락서니를 하며 지낼 필요가 있겠습니까?

영숙이여! 떠나십시오! 저는 지난날 궁핍 속에서 벗의 도리를 깨달았습니다. 그렇지만 영숙과 제 사이가 어찌 궁핍한 날의 벗에 불과하겠습니까?

신분의 벽에 대한 울분

백영숙(白永叔)은 백동수(白東修, 1743~1816)의 자다. 호는 인재(靭齋), 또는 야뇌당(野餒堂)·점재(漸齋)다. 그는 이덕무의 처남으로, 무과에 급제한 무인이고, 의협심이 대단했으며, 사람 사귀기를 좋아한 쾌남아였다. 이덕무가 그를 위해 지어준 〈들에서 굶주리는 사람(野餒堂記)〉에서 그의 호협(豪俠) 기질을 엿볼 수 있다. 박제가를 박지원·이덕무에게 처음 소개한 사람도 바로 백영숙이었다. 그 역시 서얼로, 후에 장용영(壯勇營)의 장관(將官)을 지냈다.

그런 그가 현실 세상에 발을 못 붙이고 기린협, 지금의 인제로 들어간다. 그의 좌절이 박제가는 남의 일 같지 않다. 서울이라는 세속적 도회지에서 궁핍한 선비가 겪는 염량세태를 통해 당시 서얼 출신 지식층의 고뇌와 울분을 표현했다.

이 글에서 독자의 폐부를 찌르는 세 군데 대목을 눈여겨보라! 부자를 찾아간 가난뱅이의 청을 거절하는 대목과 마음 맞는 가난뱅이 친구들의 격의 없는 행동, 그리고 기린협에서 백영숙이 겪을 정경! 미묘한 인간 심리의 세치(細緻)를 가슴 절절하게 묘사한 일품(逸品)이다. 기린협으로 낙향할 때 박지원도 송서(送序)를 써서 배웅했으나 이 글의 도도한 파토스에는 미치지 못한다.

4

광인의 인생, 장인의 생애

祭外舅李公文

경인년(1770) 겨울 10월 정축(丁丑)일입니다. 셋째 사위 밀양 박제가는 삼가 향을 사르고 술을 따라 띠풀에 뿌리고서 장인어른이신 고 절도사 이공(李公)의 관에 두 번 절하고 곡을 한 뒤에 아룁니다.

오호라! 천하에 옹서지간(翁婿之間, 장인과 사위 사이)이 무덤덤해진 지가 오래되었습니다. 사람들은 사위를 자랑할 줄 알고 장인을 사랑할 줄 압니다. 그러나 장인을 사랑한다고 해서 장인을 잘 이해하는 것은 아니고, 사위를 자랑한다고 해서 영예로운 것은 아닙니다. 장인과 사위라는 이름은 있으나 장인과 사위 사이의 즐거움은 없습니다.

장인이 사위를 보면 으레 "요새 어떤 책을 읽나?" 하고 묻습니다. 그러면 사위는 으레 "불민하여 독서에 힘을 기울이지 못하고 있습니다."라며 핑계를 댑니다. 그러면 장인은 다시 대뜸 "힘을 써야지." 하고 훈계하고, 사위는 또 으레 "예예!" 하고 굽실거립니다. 하지만 입으로는 말하지 않아도 뱃속에서는 벌써 볼멘소리가 싹 틉니다. 이는 다른 까닭이 아닙니다. 장인과 사위 사이의 즐거움을 모르는 탓입니다.

무릇 장인과 사위 사이의 즐거움은 서로의 마음을 알아주는 것이 귀할 뿐, 딸자식의 남편이고 아내의 아버지라는 관계에 달려 있는 것은 아닙니다. 서로의 마음을 알아주지는 않고 사위니 장인이니 부르면서 무람없이 집안을 출입합니다. 이것은 가정 안에서 옷과 음식을 떠받들어 모시는 것을 즐기고 만족하는 데 지나지 않습니다. 서로 간에 무덤덤하기가 너무 심합니다.

그렇지만 장가든 그날에는 기러기 아비가 앞에서 길을 안내했고, 수종꾼이 골목을 가득 메웠으며, 신랑을 맞아들이는 이들이 길에 줄 지어 서 있었습니다. 의복과 안장 지운 말, 병풍과 초례상, 온갖 그릇은 모두 금은이나 색채로 화려하게 꾸몄습니다. 사위를 이끌어 대청 위로 오르게 하여 장인에게 절을 시키면 장인은 사위에게 눈길을 고정하여 먹지 않아도 배가 부릅니다. 좌우를 둘러보아도 아낄 물건이 없어 물 쓰듯 사위에게 건네주면서 혹시라도 받지 않을까 되레 걱정이라, 사위가 말 한 마디 꺼내면 거스르는 것이 없습니다. 대관절 이는 누가 베푼 힘입니까? 모두가 장인이 사위를 사랑하여 그런 것입니다.

그렇다가도 장인의 부음을 듣게 되면 창피해 눈물을 흘리지도 않고서 날이 저물어야 조문을 하러 갑니다. 그마저도 겨우 세 번 곡소리를 내면 그만이고, 제삿날이 되면 먼저 고기를 집습니다. 그 때문에 세상에서 자기와 상관없는 일을 비꼬아 장인 제사라고 말합니다. 이것은 살아서는 사랑을 독차지하고 죽어서는 의리를 잊어버리는 짓입니다. 또 어쩌면 그리 무덤덤하단 말입니까!

오호라! 저와 공 사이의 차이로 말하자면 공은 무인이고 저는 문인입니다. 알고 지낸 기간은 고작 세 해밖에 지나지 않고, 가까이 모신 기간은 고작 열흘에 불과합니다. 그럼에도 불구하고 공께서는 아무 말 없이 저를 아껴주셨고, 저는 아무 말 없이 공의 마음을 알았습니다. 살아서는 진정으로 즐거워했고, 죽어서는 진정으로 슬퍼했으니 무슨 까닭이겠습니까? 사람 사이에는 한 번 보아도 바로 알아주는 사람이 있고, 크게 다른데도 그럴수록 더 뜻이 맞는 사람이 있으며, 한 가지 일에도 일생토록 잊지 못하는 사람이 있습니다.

오호라! 저는 세상 물정 어두운 선비입니다. 키는 칠 척이 되지 않고 이름은 동네 밖을 벗어나지 않습니다. 그럼에도 공께서는 한 번 보시고 딸자식을 제 아내로 주셨습니다. 풍류와 기개는 친구를 깊이 사귀듯 했습니다. 제가 껄껄 웃으면 공께서는 제가 생각이 있어서 그런 줄로 아시고 장난친다고 여기지 않으셨습니다. 제가 쿨쿨 잠에 빠지면 공께서는 제가 마음이 편해서 그런 줄로 아시고 게으르다고 여기지 않으셨습니다.

제가 눈 오는 날 벗을 찾아가 밤새도록 돌아오지 않고, 지붕이

헐고 종이창이라 별빛이 몸에 스며들어, 새벽에 일어나 벽을 긁으면 얼음이 손톱에 가득하고, 주인집 방석이 무릎을 가리지 못하고, 한 이불 덮고 누워서는 흥얼거리며 시 짓기를 그치지 않았지요. 공께서는 그 모습을 보시고는 병이 들까 걱정하시면서도 그 즐거움을 알아주셨습니다.

제가 객사에서 독서할 때 밤낮으로 더위가 푹푹 쪄도 토방에 누워 책을 보았습니다. 모기와 파리, 벼룩과 빈대가 물어 온몸이 퉁퉁 붓고, 머리를 들어 서까래를 보면 거미줄이 날려 연기와 어울려 매달려 있었습니다. 땅거미 질 때 밥을 끓여 구부러진 수저로 작은 밥사발의 밥을 한 번 씹을 때마다 바윗덩어리 같은 돌이 나오고, 보리 밥알이 입안에서 이리저리 구르다가 소금물로 간을 맞춘 생부추가 들쭉날쭉했습니다. 그래도 그런 곳에서 한 달이 넘도록 희희낙락 지내는 것을 공께서 보시고는 그 괴로운 생활을 불쌍히 여기시긴 했어도 그 참을성을 알아주셨습니다.

공께서 언젠가 이런 말씀을 하신 적이 있었습니다.

"갓은 굳이 좋은 것 가릴 것 없이 검고 둥글면 되고, 신은 굳이 꾸밀 것 없이 삼태기만 아니면 끌고 다닌다."

그 말에 저는 일어나 이렇게 대꾸했습니다.

"그러시면 이 사위는 너무 불우한 겁니다. 저는 속으로 늘 침단향(沈檀香)으로 제 소상을 만들고 오색실로 저를 수놓아서 열 겹 보자기에 싸서 영원토록 전하여 사람마다 볼 수 있도록 하고 싶습니다. 저는 산과 물, 구름과 안개가 아름다운 풍경이나 꽃과 나

무, 새와 짐승이 고운 것을 보게 되면 불쑥 기쁘고 사랑스러워 저
도 그렇게 되기를 바랐습니다. 제가 오늘날 휑뎅그렁하게 아무것
도 없는 집에서 주먹밥에 맹물을 마시고 누더기 옷을 입는 꼬락서
니라 좋은 것 나쁜 것도 모르는 것처럼 보이지만 속마음까지 설마
그렇겠습니까? 단지 알아주는 이를 만나지 못했을 뿐입니다."

공께서는 쯧쯧 혀를 차며 말씀하셨다.

"자네의 가슴속이 이렇듯이 사치스러운 줄은 몰랐구나!"

공께서 말씀하신 것을 제가 구태여 말 꺼낼 일이 없었고, 제가
한 일을 공께서 구태여 거론할 것 없었습니다. 남들에게는 화낼
일도 제게는 웃어넘기셨고, 남에게는 가식으로 하실 일도 제게는
진정으로 대하셨습니다. 마음에서 서로 통하여 각자가 하지 않아
도 된다는 것을 알았기 때문입니다.

오호라! 제가 장가를 든 지 이틀째 되던 날, 공께서는 달빛을 받
고 나오셔서 우물 난간 동편에 지팡이를 세워두고 쇄마(刷馬)를
돌보셨습니다. 제가 "한번 타보고 싶습니다."라고 청했더니 공께
서는 바로 허락하시고 종을 돌아보며 "어서 안장을 갖춰서 가는
대로 맡겨두거라!"라고 분부하셨습니다. 저는 황급히 그만두라 하
고 이렇게 말씀드렸습니다.

"안장을 뭐 하러 메우나요? 제가 말갈기를 잡고 등에 올라타서
채찍을 한 번 치면 말이 달릴 텐데요."

공께서는 놀라고 기뻐하며 직접 술을 따라 마시도록 주시고는
제게 "야심할 때까지 타지는 말게나!"라고 조심시켰습니다. 그리

사람 사이에는 한 번 보아도 바로 알아주는 사람이 있고,

크게 다른데도 그럴수록 더 뜻이 맞는 사람이 있으며,

한 가지 일에도 일생토록 잊지 못하는 사람이 있습니다.

하여 검은 옷을 입은 종에게 술값을 가지고 제 뒤를 따르게 했습니다.

저는 편복을 입고 말에 올라 배오개 시루(市樓)로부터 철교(鐵橋)로 말을 달려 백탑(白塔) 북쪽에 있는 벗들을 방문하고 백탑을 한 바퀴 돌아 나왔습니다. 그때 달빛은 길에 가득하고 꽃나무는 하늘까지 닿았으며, 드문 별빛이 쏟아졌습니다. 말은 고개를 떨구고 천천히 향기를 맡으며 구불구불 걸었는데 발굽이 교만함을 주체 못하여 길을 가는 줄도 느끼지 못했습니다. 제가 돌아와 선잠을 자려니 공께서 술에 취했나 살펴보러 오셔서 제 뺨을 어루만지고 이불을 덮어주시면서 눈치 채지 않도록 하셨습니다.

오호라! 지난해 공께서는 저를 데리고 가서 약산(藥山)의 영변 도호부 관아에서 지내게 하셨습니다. 저는 오랜 객지 생활에 몸을 빼낼 길이 없었습니다. 그래서 장난질과 방랑하는 꼴을 공에게 보여드렸습니다. 일찍이 나비를 잡으려다 잡지 못하고 화가 나서 꽃—기생—을 꺾은 일이 있었습니다. 기생들이 떠들썩하게 "낭군께서 꽃을 꺾었습니다."라고 고해 바쳤더니 공께서는 "소란 피우지 말거라! 꺾은 꽃을 낭군께 드려라!"라고 하셨습니다. 제가 찾아뵙고 웃었더니 공께서 이렇게 말씀하셨습니다.

"한 해를 마치도록 집에 보내지 않으면 네가 몇 송이 꽃을 더 꺾는 꼴을 보겠구나!"

오호라! 지금 생각해보니 이 일은 끝내 다시 볼 길이 없거니와 그 말씀은 더더욱 잊을 수 없습니다.

오호라! 지난해 공을 따라서 영변의 철옹성 남문을 올라가 술
잔을 잡고 시를 지었습니다. 이날은 마침 한가위라 들녘에는 베지
않은 벼들이 널려 있었습니다. 산천은 멀리 펼쳐지고 기러기는 높
이 날며 촌락의 울타리에는 날이 저물고 소와 말은 오가며 제사
채비하는 아낙네는 짐을 등에 지거나 머리에 이고 오갔습니다. 공
께서는 그 풍경을 구경하셨습니다. 난간에 기대 먼 풍경을 둘러보
시다가 동으로 서울 쪽을 바라보며 서글피 언짢은 표정을 한참 지
으시더니 이렇게 말을 꺼내셨습니다.

"벼슬살이에 분주하다보니 성묘를 못한 지도 4년째로구나!"

그때 제가 비아냥거렸습니다.

"장인어른! 저를 보세요. 허리 아래에 인끈이 달려 있나요? 저
같으면 훌쩍 돌아갈 텐데요. 누가 말리겠습니까?"

그러자 공은 이렇게 해명했습니다.

"이 인끈을 어찌 내가 차고 싶어 하랴! 이미 나라에 몸을 바치기
로 했으니 의리상 사양할 수 없어서지."

오호라! 공께서 인끈 하나를 정말 좋아하셔서 벼슬 구하는 것에
마음을 두셨겠습니까? 벼슬이 절로 이르면 힘을 다 기울일 따름
이었습니다. 밤 깊어 등잔불이 가물거릴 때면 저만 따로 불러 앉
으라 하시곤 때때로 젊은 시절 전원에서 한가롭게 지내던 일을 말
씀하셨습니다. 그때마다 마음이 끝없이 치달려 자식들과 더불어
관직을 버리고 고향에 돌아가 농사를 가르치고, 삼복이나 동지 같
은 명절에는 말술을 장만하여 이웃을 부르며, 오리를 사냥하고 농

어를 낚시질하면서 여생을 마치고 싶다는 뜻을 밝히셨습니다. 그러고는 다시금 강개한 기분이 들어 한탄하면서 늙어가는 몸을 가슴 아파하시고는, 하신 말씀을 다시는 실행에 옮기지 못할까 봐 염려하셨습니다. 저는 그러면 술병을 당겨 술을 따라드리고 조금 있다가 구슬픈 소리로 《이소(離騷)》의 노래를 암송하여 술맛을 돋우어드렸습니다. 그러면 또 낯빛을 바꾸시며 무릎을 꿇고서 눈물을 줄줄 흘리셨습니다. 이 일은 집안사람이나 측근 누구도 모르는 일입니다.

오호라! 지난해 공께서 관서 영변에 머무르실 때 저는 9월에 태백산으로 들어가서 단풍과 수석(水石)을 보고 여러 절간 사이를 오가며 열흘이나 구경하고 돌아왔습니다. 공께서 산에 들어가 무얼 했느냐고 물으시길래 저는 "불경을 읽었습니다."라고 대꾸했습니다. 그랬더니 공께서는 웃으시며 "늘그막에 고생하며 키운 딸을 시집보냈더니 사위란 것이 부처를 배우다니!"라고 하셨습니다. 이때 저는 서울로 돌아가겠다고 자주 졸랐으나 공께서는 완강히 저를 잡아두셨습니다. 그래서 저는 "부처를 배우는 사위는 아무 짝에도 쓸모없으니 차라리 보내버리는 게 나을 겝니다."라고 했습니다. 오호라! 지금 와서 생각해보니 조금 더 머물러 지금까지 있으면서 공의 임종을 함께 했으면 좋았을 것입니다.

오호라! 공께서는 사람됨이 겉을 꾸미지 않으셨습니다. 진실한 체하면서 가식적인 사람을 보면 대놓고 욕하셨습니다. 이 무렵은 세상이 모두 안일에 젖어 침체되고 문약함이 날이 갈수록 우세했습니다. 무인일지라도 기개와 절도의 행동을 과감히 하지 못해 마치 서생처럼 굴었습니다. 공께서는 이렇게 말씀하셨습니다.

"모두 여기저기 눈치나 잔뜩 보면서 국사에는 힘쓰지 않는 자들이다. 나는 무인이다. 문(文)은 내가 할 일이 아니다."

조정에 서신 지 30년 동안 공을 알아주는 이가 한 사람도 없었습니다. 그래서 공께서는 익살을 즐기고 방종하게 처신하면서 세상을 조롱하는 것으로 세상을 헤쳐 나가는 길로 삼으셨습니다. 그리하여 세상에서는 모두 공을 광인이라 지목했고, 공 또한 광인임을 자처하셨습니다. 지난번에 제가 공으로부터 당신의 사연을 글로 쓰라는 부탁을 받은 적이 있었습니다만 저는 사양했습니다. 공께서는 이렇게 말씀하셨습니다.

"사양하는 까닭은 사위가 광인이란 말을 장인에게 쓰기 거북해서 그런가? 글만 생각하고 사위임을 잊으면 될 걸세."

제 글이 채 이루어지기도 전에 공께서는 세상을 뜨셨습니다.

오호라! 공께서 제게 글을 부탁한 이유는 공의 광인다움을 저만큼 잘 아는 이가 없다고 여기신 때문이 아닐까요? 대저 광인에도 거리낌 없이 행동하는 청광(淸狂)과 미친 척하는 양광(佯狂)이 있고, 술을 잘 마시는 광인이 있고 병이 든 광인이 있습니다. 그리고 뜻이 너무 크거나 행동이 앞서는 광인도 있습니다. 공께서는 어떤 광인에 해당할까요? 사방에 있는 자들이 모두 취해 있으면 깨어 있는 자더러 취했다고 합니다. 취하지 않았음을 따지려 들면 들수록 한층 더 취했다고 합니다. 취한 이는 많고 깨어 있는 이는 적으니 무슨 수로 밝히겠습니까? 저 깨어 있는 사람은 도리 없이 답답하여 미칠 것만 같아서 취했다고 대꾸하지 않을 수 없습니다. 오호라! 공께서는 광인임을 스스로 밝히실 수 없을 겁니다.

옛날 세숫물로 얼굴은 씻지 않고 도리어 들이마신 사람이 있었습니다. 친구가 큰 미치광이라고 요란하게 헐뜯었더니 그 사람이 "남들은 겉을 씻고 나는 안을 씻네."라고 답했답니다. 오호라! 공께서는 안을 씻은 광인인가 봅니다. 마음은 미치지 않았고, 행동은 미치지 않았습니다. 아는 이에게는 미치지 않았고, 오로지 모르는 이에게만 미쳤습니다. 오호라! 공께서는 아는 이를 만나지 못해 광인인 것인가요? 썩은 선비는 글줄이나 읽을 줄 안답시고 활과 화살을 잡은 무인을 업신여깁니다. 무인이라 공을 비웃고, 광인이라 공을 조롱했습니다. 공께서도 광인으로 그들을 대하여 한층 더 광인답게 행동하셨습니다.

오호라! 공께서 선비를 좋아하지 않는 성품이라 그렇게 광인의 행동을 하셨겠습니까? 단지 속된 선비를 좋아하지 않으셔서 그와 같이 행동하셨을 뿐입니다. 여기에 사람이 있어 다소곳이 집 안에 틀어박혀 곁에는 서책을 쌓아두고 온종일 바둑판을 끼고 있으면 남들은 한가롭게 지낸다고 말합니다. 그러나 그 속은 사실 내기 바둑을 두는 것이라 공께서는 그 판국을 간파하고 광인이 되어 판을 쓸어버리셨습니다. 여기에 어떤 사람이 있어 백주 대낮에 부처가 되었다며 먹지 않아도 생생하고 말도 하지 않고 앉아 있으나 실상은 불을 숨긴 채 광채를 내고 밤에는 몰래 고기를 씹어 먹습니다. 공께서는 그 요망한 짓거리를 간파하고 광인이 되어 두들겨 팹니다.

오호라! 사람들은 한가로울 때 악한 짓을 못하는 것 없이 하면서 시치미를 뚝 떼고 남을 속이려 듭니다. 제 딴에는 약은 꾀라 자부하지만 공의 광인다운 눈길에 간파당하지 않을 자 거의 없습니다.

오호라! 죽음이란 잊는 것이고, 잊으면 정이 없어집니다. 죽음이란 깨닫는 것이고, 깨달으면 후회가 없어집니다. 그러니 망자의 처지로 망자를 본다면 어찌 슬프다 말할 것이 있겠습니까? 그러나 종일토록 술잔을 올린들 어찌 한 모금이라도 마시며, 종일토록 관을 어루만진들 어찌 한 마디 말씀을 하시겠습니까? 슬퍼해도 알아차리지 못하시니 곡을 한들 무슨 소용이겠습니까? 그러니 산 자의 입장으로 망자를 본다면 도리 없이 답답하여 다시 곡을 할 수밖에 없습니다.

오호라! 제가 곡하는 것은 사위로서 장인을 슬퍼하는 것만이 아닙니다. 공에게 지기(知己)로서 감회가 있기 때문입니다. 오호라! 슬프도다! 흠향하소서!

농담과 익살이 담긴 제문

작자가 21세(1770)에 쓴 장인 제문이다. 작자는 17세(1766)에 경상좌병사 (慶尙左兵使) 이관상(李觀祥)의 서녀와 결혼했다. 글에도 나오듯이 1769년 에는 영변도호부사로 부임한 장인을 따라 영변에 가서 한참을 머무르며 과거 공부를 했는데 그때 묘향산을 유람했다. 그러나 다음 해 장인은 임지 에서 갑자기 사망했다.

장인이 사망한 뒤 작자는 장인의 행장(行狀)과 혼유석명(魂遊石銘), 그리 고 제문을 지었다. 세 편의 글은 20세 무렵의 예민한 감수성과 참신한 문체, 진정성 있는 글쓰기가 용해된 명문이다. 보통 망자의 삶을 추억하고 살아남 은 자의 슬픔을 표현하는 글은 상투적이고 형식적 문체로 흐를 위험성이 상 존한다. 더욱이 그 대상이 장인일 경우에는 한층 더 심해진다. 하지만 작자 의 글은 전혀 딴판의 모습을 보여준다. 다른 어떤 글보다 생동감이 넘치고 흥미롭다. 그의 많은 작품 가운데서도 명작으로 꼽을 만하다. 길이가 매우 긴 편인데도 따분함을 전혀 느낄 수 없을 만큼 변화와 기복이 있다.

이 글은 인간 사회의 물정과 세태가 생생하게 묘사되어 있고, 놀랍도록 미묘한 사람들의 행동과 심리가 섬세하게 표현되어 있다. 장인과 사위 사 이, 즉 옹서지간의 농담과 익살, 배려와 진심이 약동하여 제문인데도 슬픔 만이 아닌 다양한 감정이 뒤섞여 표현되어 있다. 장인은 충무공 이순신의 후손으로 무인이었다. 가식을 싫어하고 남의 비위를 맞추지 못하는 직선적 인 무인 기질이 광인의 행동으로 나타난 점을 작자는 인상 깊게 묘사했다.

오호라! 죽음이란 잊는 것이고,
잊으면 정이 없어집니다.
죽음이란 깨닫는 것이고,
깨달으면 후회가 없어집니다.
그러니 망자의 처지로 망자를 본다면
어찌 슬프다 말할 것이 있겠습니까?

연암에게

答孔雀館

열흘 간의 장맛비에 밥 싸들고 찾아가는 벗이 못 되어 부끄럽습니다.

200닢의 공방(孔方, 돈)은 편지 들고 온 하인 편에 보냅니다.

술병은 일없습니다. 세상에 양주(楊州)의 학[1]은 없는 법이지요.

---

1 '양주의 학'이라는 고사가 있다. 여러 사람이 모여 각자의 소원을 이야기했다. 어떤 사람은 양주자사가 되고 싶다고 했고, 어떤 사람은 돈을 많이 벌고 싶다고 했다. 학을 타고 하늘을 훨훨 날고 싶다고도 했다. 그러자 맨 마지막 사람이 말했다. "나는 말일세. 허리에 십만 관의 돈을 두르고 학을 타고 양주로 가서 자사가 되고 싶네." 그러니까 양주의 학이란 말은 이것저것 좋은 것을 한꺼번에 다 누린다는 뜻이다. 남조 때 양(梁)나라 은운(殷芸)이 지은 소설에 나온다.

32자로 남김없이 말하다

　돈을 꾸어달라는 연암 박지원의 편지에 대한 답장이다. 32자의 척독에
하고 싶은 말을 남김없이 다 했다. 편지의 내용은, 고생하는 연암의 처지를
먼저 알아 찾아갔어야 하는데 그렇게 하지 못해 부끄럽고, 이제 종을 통해
돈을 보내지만 술까지 보내달라는 부탁은 만족시켜드리지 못한다는 것이
다. 실제로는 자기도 술이 없어서 못 보내는 것이지만 있어도 보내선 안 된
다고 말했다. 왜냐하면 소망하는 것이 모두 이루어지는 건 인생의 순리가
아니기 때문이다. 결국 돈은 보내지만 술은 못 보낸다는 답장이다. 꿔달라
는 사람이나 꿔주는 사람이나 피차 구김살이 없다. 연암이 초정에게 보낸,
돈을 꾸는 편지는 이렇다.

　공자가 진채(陳蔡)에서 당한 것보다 곤경이 심하나 도를 실천하느
라 그런 것은 아닐세.
　안회(顔回)의 가난에 망령되이 비교하려들면 무엇을 즐기냐고 묻
겠지.
　무릎을 굽히지 않은 지 오래인
　나처럼 청렴한 인간 없음을 어쩌겠나.
　꾸벅꾸벅 절하노니 많으면 많을수록 좋겠네.
　여기 술병까지 보내니 가득 채워 보냄이 어떠한가?

《연암집》에는 실리지 않은 일문(逸文)이다. 가난하여 굶는 처지임을, 공자와 안연의 사연에 비유했다. 공자가 제자들과 함께 진채 땅에서 이레 간이나 밥을 먹지 못하고 고생한 일과 누항(陋巷)에서 안빈낙도하는 공자의 제자 안회의 생활을 빌려다가 여러 날 굶은 자신의 처지를 말했다. 연암은 무슨 거창한 도(道)를 실천하고 안빈낙도를 즐긴다는 명분도 내세울 것이 없는데 그저 가난할 뿐이라고, 자신의 못난 처지를 자조하듯이 썼다. 아무에게도 무릎을 굽히지 않기에 자기만큼 청렴한 사람이 없다는 말은 돈을 빌려달라는 말을 에둘러 표현한 것이다. 염치없이 빈 술병까지 딸려 보낸다는 끝부분의 말이 이 편지의 묘미다. 전부 48자로, 구절마다 모두 전고(典故)를 구사했다.

. . . .

6

자유로운 저잣거리의 본색, 이옥

이옥

이옥(李鈺, 1760~1815)은 18, 19세기를 대표하는 소품가다. 본관은 전주(全州)로, 자(字)는 기상(其相)이며, 문무자(文無子)·매화외사(梅花外史)·화석산인(花石山人)을 비롯한 많은 호를 사용했다. 고조부 이기축(李起築)부터 서얼이 되어 무반(武班) 집안으로 행세했다. 당색은 소북(小北)이다.

이옥은 한평생 소품문 창작에 전념하여, 발랄하고 흥미로운 작품을 많이 남겼다. 성균관 유생으로 있던 1792년, 국왕이 출제한 문장 시험에 소품체(小品體)를 구사하여 정조 임금으로부터 불경스럽고 괴이한 문체를 고치라는 하명을 받기도 했다. 일과(日課)로 사륙문(四六文) 50수를 지어 옛 문체를 완전히 고친 뒤에야 과거에 응시할 것을 허용한다는 징벌을 받았고, 또 경상도 삼가현에 충군(充軍)을 당하는 쓰라린 체험도 했다. 그 때문에 관계(官界)로 진출하는 길이 막혀버려, 이후 문학 창작에만 매달렸다. 자기만의 개성적인 문체와 내용을 고집함으로써 군주로부터 견책을 당할 만큼 독특한 창작 경향을 보였다.

이옥이 교유한 인물은 김려(金鑢)와 강이천(姜彝天)으로, 성균관에 재학할 때부터 사귀었다. 그들 역시 소품문 창작에 기울었다. 또 유득공이 이종사촌이었으므로 박지원이나 이덕무 같은, 문단에서 벌써 명성을 얻은 문인들로부터도 일정한 영향을 받았다. 그렇기는 하지만 그는 문단의 저명한 인물들과 활발하게 교류하지 않은 채 일정한 거리를 두면서 소일거리로 소품문을 창작했다. 문학적 재능을 발휘하여 사회에 진출하고 명성을 얻을 기회를 놓친 그는 불우함과 소외감을 소품문 창작에 쏟았다.

이옥은 동시대 누구보다 본격적으로 소품문을 창작하여 그야말로 소품가의 본색에 충실했다. 그의 작품은 기존 한문 산문의 규범과 주제로부터 현격하게 이탈하여 그만의 독특한 개성을 보여준다. 이념의 속박으로부터 벗어나 인정세태의 세밀한 모습과 인간의 진정(眞情)을 작품 속에 구현하고자 했다.

한편, 이옥은 문학의 내용이나 문체, 글쓰기 방식에서 다양한 시도를 했다. 담배와 같이 일상생활에서 사용되는 천근(淺近)한 사실을 《연경》이란 저술로 남긴다든지, 시정 생활의 시시콜콜한 국면을 묘사한 다양한 글을 쓴다든지, 또 불경의 문체를 흉내 내기도 하고, 변려문이나 이두문, 백화투의 희곡을 쓰기도 했다.

이옥의 문체는 엄숙하고도 경건한 분위기보다 희작적 필치를 강하게 표출했다. 무료함을 달래기 위해서 쓴다고 밝히기도 하는 등 전통적 글쓰기의 범주에서 벗어나 있다. 여러 면에서 조선 후기 문학사에서 매우 이채로운 작가다.

이옥의 작품은 양적으로도 많을 뿐 아니라 질적으로도 우수하다. 그는 수많은 작품을 창작했으나 체계적으로 정리된 적이 없다. 김려가《담정총서》에 그의 작품을 거두어 실었으나 그것도 일부일 뿐이다. 최근에《이옥전집》이 간행되었으나 그 후에도 새로운 작품이 발견되고 있다.

1

심생의 사랑

沈生傳

심생(沈生)은 서울의 양반이다. 약관의 나이에 용모가 준수하고 풍정(風情)이 넘쳤다.

어느 날 운종가(雲從街)[1]에 나가 임금님의 거둥을 구경하고 돌아오던 길이었다. 건장한 여종이 자주색 명주(明紬) 보자기로 한 처녀를 덮어씌워 등에 업고, 머리를 땋은 여종은 주홍색 비단신을 들고 뒤따르는 모습이 눈에 들어왔다.

어림짐작으로 보자기 안의 몸을 재어보니 어린 여자아이는 아니었다. 드디어 심생은 바짝 붙어 뒤를 쫓기로 했다. 멀찍이 따르

---

1   지금의 종로 네거리를 중심으로 한, 가장 번화했던 곳. 육주비전이 있었다.

다가 소매로 스치며 지나가기도 하면서 눈은 한순간도 그 보자기를 떠나지 않았다. 걸음이 소광통교(小廣通橋)에 이르렀을 때, 갑자기 회오리바람이 앞에서 일어나 자주색 보자기를 반이나 들추었다. 아니나 다를까 처녀가 나타나는데, 복숭아빛 발그레한 뺨에 버들가지 같은 가는 눈썹, 초록 저고리에 다홍치마, 연지분이 몹시 고와 설핏 보아도 절색이었다.

처녀도 보자기 속에서 어렴풋하게, 아름다운 소년이 쪽빛 두루마기에 초립(草笠)을 쓰고 좌우 이쪽저쪽으로 따라오는 것을 보고 있었다. 추파(秋波)[2]를 보내 보자기 밖의 소년을 한참 주시하던 중에 보자기가 걷혀서 버들 같은 눈과 별 같은 눈동자 네 개가 부딪쳤다. 놀라기도 하고 부끄럽기도 하여 보자기를 당겨 다시 덮어쓰고 자리를 떴다.

심생이 어찌 그대로 놓칠 사람이랴? 곧장 뒤를 쫓아갔다. 소공주동(小公主洞) 홍살문 안에 이르러 처녀는 중문 안으로 들어가버렸다. 심생은 망연자실하여 한참을 배회하다가 이웃 노파를 붙들고 자세히 알아보았다. 늙어서 은퇴한 호조(戶曹) 계사(計士)[3]의 집이요, 딸 하나만을 두었고, 나이는 열예닐곱이요, 아직 시집가지 않았다 등등. 처녀가 거처하는 곳을 물었더니 노파는 손가락으로

---

2 미인의 맑고 아름다운 눈길을 비유함.

3 조선시대에 호조에 속하여 회계 실무를 맡아보던 종8품 벼슬.

가리키며 말했다.

"좁은 골목을 따라가다 보면 회칠한 담이 하나 나올 거유. 담 안에 작은 집이 한 채 있는데 바로 처자(處子)가 거처하는 곳이라우."

노파의 말을 들은 심생은 아무리 해도 잊을 수가 없었다. 저녁이 다가오자 집에다 거짓말을 꾸며댔다.

"서당 친구가 저랑 밤을 같이 보내자고 하니 오늘 밤부터 가볼게요."

드디어 인정(人定)이 되기를 기다려 그 집으로 가서 담을 넘었다. 초승달이 어스름 빛을 드리운 창밖에는 꽃과 나무 들이 제법 아담하게 가꾸어져 있고, 창호지에 비치는 등불은 아주 환했다. 벽에 등을 대고 처마 밑에 앉아서 숨을 죽이고 기다렸다. 방 안에는 매향(梅香)[4] 둘이 함께 있었다. 처녀는 나직한 목소리로 국문소설을 읽는 중이었는데 꾀꼬리 새끼가 우는 듯 낭랑하게 들려왔다.

삼경(三更) 무렵, 여종들은 깊은 잠에 빠져들었다. 처녀는 그제야 "훅!" 등불을 끄고서 잠자리에 들었다. 하지만 오랫동안 잠을 이루지 못하고 무슨 고민이라도 하는 듯 몸을 뒤척거렸다. 심생은 잠이 들지도 못했고, 숨소리를 낼 수도 없었다. 새벽종이 울릴 때까지 그대로 있다가 담을 타고 나왔다.

그날부터 날이 저물면 가서 파루가 치면 돌아오는 것을 일과로

---

4 몸종을 우아하게 가리키는 말.

삼았다. 그렇게 한 지 스무 날이 되었어도 심생은 조금도 게으름을 피우지 않았다. 처녀는 처음에는 소설도 읽고 바느질도 하며, 한밤에 등불이 꺼지면 잠도 잤으나, 번민하며 잠을 이루지 못하기도 했다. 예니레를 넘기자 "몸이 편치 않다."라고 말하고, 겨우 초경(初更)인데도 베개를 베고 누워서는 자주 손으로 벽을 쳤다. 긴한숨 짧은 탄식이 창을 넘어 들려왔다.

하루하루 밤을 보낼 적마다 상태가 심해지던 스무 날째 저녁, 처녀는 홀연히 마루 뒤쪽으로 나와서 벽을 따라 돌아 심생이 앉아 있는 장소에 이르렀다. 심생은 깜깜한 어둠 속에서 불쑥 일어나 처녀를 잡았다. 처녀는 조금도 놀라지 않고 낮은 목소리로 말했다.

"도련님은 소광통교에서 만났던 분이 맞지요? 소녀는 도련님이 여기를 찾아오신 지 벌써 스무 날인 것을 잘 알아요. 저를 잡지 마세요. 소리를 지르기만 하면 다시는 여기를 나가지 못해요. 저를 놓아주시면 제가 틀림없이 문을 열어 맞이할 거예요. 어서 저를 놓아요."

심생은 곧이듣고 뒤로 물러서서 기다렸다. 처녀는 다시 빙 돌아서 방에 들어갔고, 그다음에 여종을 불러 분부했다.

"어머니한테 가서 큰 주석 자물쇠를 달래서 갖고 오너라. 밤이 아주 캄캄하여 겁이 난다."

여종이 안방으로 가더니 오래지 않아 자물쇠를 갖고 왔다. 처녀는 드디어 약속한 뒷문에다 문고리를 아주 분명하게 걸고 손으로 자물쇠를 채우되 일부러 "철거덕!" 거는 소리를 냈다. 그러고는 바로 등잔불을 껐다. 정적에 쌓여 잠이 깊이 든 듯했으나 실은 잠을 이루지 못했다.

심생은 속은 것이 분하기는 했으나 한 번 만나본 것만도 다행이라 생각했다. 그날 밤을 또 자물쇠가 채워진 문밖에서 지새우고 새벽에야 돌아왔다.

이튿날 또 갔고, 그다음 날도 또 갔다. 방문에 자물쇠가 채워졌다 해서 조금도 게으름을 피우지 않았다. 비가 내리는 날이면 유삼(油衫)을 뒤집어쓰고 가 옷이 젖어도 상관하지 않았다. 그렇게 한 지 다시 열흘이 되었다. 밤이 깊어 온 집안이 모두 단잠에 빠져들었다. 그녀 역시 등불을 끈 지 오래였다. 그런데 문득 벌떡 일어나 여종을 불러서 빨리 등불을 켜라고 일렀다.

"너희는 오늘 밤엘랑 윗방에 가서 자고 오려무나!"

매향 둘이 문을 나서자 그녀는 벽에서 열쇠를 가져다 자물쇠를 열어 뒷문을 활짝 열더니 심생을 불렀다.

"도련님! 들어오세요."

심생은 생각할 틈도 없이 저도 모르게 몸이 먼저 방에 들어와 있었다. 그녀는 다시 문을 채우고 심생에게 말했다.

"도련님! 잠깐 앉아 계세요."

마침내 안채로 올라가 부모를 모시고 왔다. 심생을 보고서 그 부모는 크게 놀랐다. 그녀가 말했다.

"놀라지 마시고 제 말을 들어주세요. 소녀의 나이 열일곱, 여태껏 문밖으로 발 한 번 디뎌본 일이 없었어요. 한 달 전, 우연히 거등을 구경하러 나갔다 돌아올 때 소광통교에 이르자 바람이 불어 덮어쓴 보자기가 걷혔어요. 그 순간 초립을 쓴 도령과 얼굴이 마주쳤어요. 그날부터 도련님은 밤마다 이곳에 오지 않은 때가 없었어요. 이 문 밑에서 숨을 죽이고 기다린 지가 벌써 서른 날이랍니다. 비가 내려도 오고, 날이 추워도 오고, 문에 자물쇠를 채워 거절해도 그대로 왔어요. 소녀는 오래도록 고민했어요. 만일 이 소문이 밖으로 흘러나가 이웃이 알게 된다면 밤에 들어가서 새벽에 나가는 자가 홀로 창문 밖 벽에 기대 있기만 했다고 누가 인정하겠어요? 이야말로 한 일도 없이 악명만 덮어쓴 격이지요. 소녀는 틀림없이 개한테 물린 꿩이 될 거예요.

저분은 사대부가의 낭군으로 나이 한창 젊고 혈기가 미정이라, 벌과 나비처럼 꽃을 탐할 줄만 알 뿐이요 바람과 이슬에 몸 상하는 것을 돌보지 않으니, 며칠 견디지 못하고 발병하지 않을 수 있겠어요? 병이 들면 필시 일어나지 못할 테니 이는 제가 죽인 것은 아니로되 저로 인해 죽은 것입니다. 비록 남이 이 일을 알지 못한다 하더라도 반드시 은밀한 보복이 있겠지요.

또한 소녀의 몸은 중로(中路, 중인) 집안의 처자에 지나지 않고, 성을 기울게 하는 세상에 드문 미인[5]도 아니요 물고기를 도망가게

---

5 경성(傾城). 나라를 위태롭게 할 정도의 미인. 경국지색과 유사한 표현.

하고 꽃을 부끄럽게 만드는 미모[6]도 없건마는, 낭군은 올빼미를 매로 잘못 여겨 제게 이렇듯 정성을 지극히 기울이셨어요. 그럼에도 불구하고 낭군을 따르지 않는다면 반드시 하늘이 미워하여 소녀에게는 복이 미치지 않을 거예요. 소녀의 뜻은 정해졌어요. 바라건대 부모님께서는 걱정하지 마세요!

아! 부모님은 늙으셨고 형제 하나 없는 소녀라, 데릴사위를 만나 시집가서 살아 계실 때는 봉양하고 돌아가신 뒤에는 제사를 받들 수만 있다면 소녀는 만족이에요. 그렇건만 일이 문득 여기에 이르렀으니 이는 하늘이 시킨 것, 더 말해서 무슨 소용이 있겠어요?"

그녀의 부모는 묵묵히 말이 없었다. 심생 역시 덧붙일 말이 없었다. 그리하여 그녀와 함께 잠자리에 들었다. 목마르게 연모하던 끝이라 그 기쁨을 얼추 짐작할 수 있다. 이날 밤 처음 방으로 들어간 이후, 밤에 가서 새벽에 돌아오지 않은 날이 하루도 없었다. 그녀의 집은 본래 부유했기에 심생을 위해서 화려하고 아름다운 의복을 아주 풍부하게 장만해주었다. 하지만 심생은 자기 식구들이 이상하게 여길까 염려해서 입지를 못했다.

심생이 깊이 비밀에 부치기는 했으나, 밖에서 자고 오래 돌아오지 않는 그를 의심한 집에서는 산사(山寺)에 들어가 학업에 열중

---

6 얼굴을 보고 물에서 놀던 물고기가 물속 깊이 숨는 미인과 꽃도 부끄러워하는 미인. 매우 아름다운 미인을 비유한 말. 침어낙안(沈魚落雁)과 수화폐월(羞花閉月).

하라는 명을 내렸다. 심생은 내키지 않았지만 집에서 내몰리고 동무들에게 이끌려서 서책을 싸들고 북한산성으로 올라갔다. 선방(禪房)에 머문 지 달포가 되었을 때, 하루는 심생을 찾아와 그녀의 언문(諺文) 서찰을 전하는 자가 있었다. 서찰을 열어보니 다름 아닌 영결을 고하는 유서였다. 그녀는 벌써 죽은 것이었다. 그 서찰은 대강 다음과 같았다.

봄인데도 추위가 여전히 기승을 부리네요. 산사에서 공부하시는 몸 내내 평안하신지요? 그립고 보고 싶으니 어느 날인들 잊을 수 있겠어요? 낭군께서 집을 나선 뒤로 소첩(小妾)은 우연히 병을 얻었고, 점차로 골수에 스며들어 약물도 전혀 효험이 없었어요. 필경 죽을 목숨이란 것을 이제는 알겠어요. 소첩 같은 박명(薄命)한 것이 비록 산들 무엇하겠어요? 그러나 세 가지 크나큰 한(恨)이 가슴속에 구차하게 남아 있어 죽으려 해도 눈을 감기 어려워요.

소첩은 본래 무남독녀로서, 부모님이 저를 그리도 귀여워한 이유는 장차 데릴사위를 맞아서 만년의 의지처로 삼고 사후에는 제사를 맡길 요량이었지요. 하지만 뜻밖에도 호사다마(好事多魔)에 악연이 얽힌 탓인지, 담쟁이덩굴이 외람되게 높이 자란 솔에 의탁하려다가 사돈 집안과 오순도순 지내려던 계획이 망가졌어요. 이것이 소첩이 아무런 낙이 없이 시름에 빠져 있다가 끝내는 병을 얻어 죽음에 이른 이유랍니다. 이제는 두 분 늙으신 부모님께서 의지할 곳이 영영 사라졌으니, 이것이 첫 번째 한입니다.

여자가 시집을 가게 되면, 문에 기대어 사내를 맞이하는 창기(娼妓)의 몸이 아닐진댄, 물이나 긷는 종년일지라도 남편이 있으면 당연히 시부모가 있는 법이지요. 세상에 시부모가 알지 못하는 며느리란 없지요. 그렇건만 소첩과 같은 것은 남에게 속임과 숨김을 당해, 그로부터 몇 달째 낭군 집의 늙은 여종 하나조차 만나본 일 없어요. 살아서는 올바르지 못한 소행을 했고 죽어서는 돌아갈 데 없는 귀신이 되었사오니 이것이 두 번째 한입니다.

부인이 남편을 섬기는 일이란 음식을 장만해서 드시게 하고, 의복을 지어 받드는 것에 지나지 않지요. 그렇건만 낭군을 상봉한 세월이 짧지 않고 제 손으로 지은 의복 또한 적지 않건마는, 한 번도 낭군께 제 집에서 밥 한 그릇 드시게 하거나 옷 한 벌 제 앞에서 입으시게 한 일이 없어요. 낭군을 모신 것이라곤 오직 침석(枕席)뿐이었으니 이것이 세 번째 한입니다.

그 나머지, 상봉한 지 얼마 되지 않아 갑자기 영이별하는 한이나 병들어 누워 죽음을 목전에 두고도 얼굴을 뵙고 떠나지 못하는 한이야 아녀자의 슬픔에 불과하오니 낭군께 말씀 올릴 것까지야 있겠어요?

생각이 여기까지 이르니 애가 벌써 끊어지고 뼈가 당장 녹을 듯하군요. 여린 풀은 바람에 날리고 시든 꽃잎은 진창에 뒹구는 것이 정해진 이치이지만 끝없는 이 한은 언제나 그칠는지요? 오호라! 창 사이의 밀회도 이제는 끝이에요. 다만 바라노니 낭군께서는 비천한 소첩을 괘념치 마시고 글공부에 더욱 힘쓰셔서 청운(靑雲)의 뜻을 일찍 이루소서. 옥체 보중하기를 천만 바라옵고 또 바라옵니다.

심생은 서찰을 받아들고 솟구치는 눈물을 주체하지 못했다. 그러나 아무리 통곡한들 어쩔 도리가 없었다. 그 뒤 심생은 붓을 던지고 무과에 응시하여 벼슬이 금오랑(金吾郎, 의금부 도사)에 이르렀다가 그마저 일찍 죽고 말았다.

매화외사(梅花外史)는 말한다.

"내가 시골 서당에서 공부하던 열두 살 때 날마다 동무들과 옛

이야기 듣기를 좋아했다. 하루는 선생님께서 심생의 사연을 아주 자세하게 들려주시면서 '이 사람은 내 소년 시절의 동창이란다. 그가 산사에서 서찰을 읽고 통곡할 때의 장면을 내가 목격했지. 그래서 그 사연을 듣고 지금껏 잊지 않은 것이란다.'라고 하셨다. 그리고 또 말씀하시길, '너희가 이러한 풍류남아를 본받으라는 게 아니다. 사람이 어떤 일이든 반드시 성취하기로 뜻을 세우면 규중 의 여자라도 얻을 수 있는 법이다. 하물며 문장이야 말해 무엇하 겠느냐? 하물며 과거야 말해 무엇하겠느냐?'라고 하셨다. 우리는 당시 그 사연을 듣고 새로운 이야기라고 생각했다. 뒤에《정사(情 史)》[7]를 읽어보니 이런 부류의 이야기가 많았다. 그리하여 그 이야 기를 기록하여 정사보유(情史補遺)로 삼는다."

---

7 명나라 풍몽룡(馮夢龍, 1574~1646)이 남녀 간 사랑에 얽힌 이야기를 모아 엮은 책으로《정
    사유략(情史類略)》이라고도 한다. 정절(情節)·정치(情痴)·정연(情緣) 등 24개 주제에 모두
    861편을 수록했다. 각 주제의 뒷부분에 정사보유(情史補遺)를 두어 내용을 보충했다.

처녀도 보자기 속에서 어렴풋하게,

아름다운 소년이 쪽빛 두루마기에 초립(草笠)을 쓰고

좌우 이쪽저쪽으로 따라오는 것을 보고 있었다.

추파(秋波)를 보내 보자기 밖의 소년을 한참 주시하던 중에

보자기가 걷혀서 버들 같은 눈과 별 같은 눈동자 네 개가 부딪쳤다.

....

금기를 넘은 사랑에 대한 낭만적 걸작

젊은 청년과 처녀 사이에 있었던 우연한 사랑의 열병이 불행으로 끝나는 과정을 시적 언어로 묘사한 빼어난 수작이다. 심생과 처녀의 사랑은 금지된 것이었다. 부모의 허락을 받지 않은 사랑이었고, 사대부와 중인(中人)의, 넘을 수 없는 신분의 차이를 어긴 사랑이었다. 당시의 남녀 간 만남은 그와 같은 우연하고도 순수한 만남이어서는 안 되었다.

하지만 그 둘은 아무도 넘지 않았고 또 넘어서는 안 되는 선을 넘어섰다. 풍정(風情)이 넘치는 심생이 열병에 휩싸여 그 금기를 넘어서 사랑을 쟁취했다. 처녀는 그 금기로 인해 온갖 번민을 겪다가 결국 심생의 사랑을 받아들여 불안한 사랑에 잠깐이나마 도취했다. 그러나 사랑에 도취하자마자 곧 예상한 불행이 찾아와 혈기미정(血氣未定)의 젊은 남녀를 죽음으로 몰아갔다.

이 전(傳)은 봉건사회에서는 허락되지 않은 자유연애라는 금기를 넘은 젊은 남녀의 짧은 사랑을 노래했다. 겉으로의 주인공은 심생이지만 실질적인 주인공은 처녀다. 한편으로는 다가오는 사랑에 이끌려 불안해하면서, 한편으로는 자신의 의무, 정해진 안온한 미래에 충실하고자 하는 갈등과 번민, 그것이 이 전을 주도한다. 처녀가 한밤에 심생과 부모를 앞에 두고 토로한 말과 심생에게 남긴 유서는, 번민하고 갈등하는, 바닥 모를 깊이 있는 내면의 여성 존재를 표현한다. 사랑을 이야기한 가장 아름답고 뛰어난 걸작으로 꼽을 만하다.

....

2

의협 기생

俠娼紀聞

한양에 기생 하나가 있어 용모와 기예가 한 시대의 최고였다. 그녀는 몸가짐이 몹시 도도하여, 존귀하고 부유하지 않은 손님에게는 예우를 하지 않았다. 또 존귀하고 부유한 손님일지라도 반드시 용모와 풍채가 아름답고, 세상에 명성을 떨치며, 풍류를 즐길 줄 아는 자만을 가려서 벗으로 삼았다. 그 때문에 그녀는 가깝게 지내는 사람이 많지 않았다. 그녀와 한 번이라도 사랑을 나누려면 문관으로는 옥당(玉堂, 홍문관)·승정원(承政院)의 관원, 무관으로는 절도사(節度使) 정도는 되어야 했다. 이들 밖에는 여항의 부잣집 자제들 가운데 화려한 의상과 명마를 타는 자들이라야 했다. 그 무렵, 이 기생에게 문전박대를 당한 자들은 사내에게 집착하는 열심장(熱心臟)이라 그녀를 비꼬았으나 그녀가 실제로는 금도가 있는 줄 몰랐다.

을해년(1755), 나라에 큰 옥사(獄事)가 발생하여[1] 멀리 유배된 자들이 많았다. 기생이 사랑한 자 가운데 한 사람이 그 형의 일로 연좌되어 옥당의 반열을 떠나 탐라(耽羅)의 노비가 되어 서울을 떠났다. 기생이 그 소식을 듣고서 가까운 벗들에게 이렇게 말했다.

"저를 위해 속히 행장을 꾸려주세요. 그 사람은 하룻밤을 같이 지낸 평범한 벗에 불과합니다. 제가 이 일을 한 지 마침 십 년째인데 그사이에 친밀하게 지낸 자가 백 명에 가깝습니다. 가만히 들여다보니 모두가 육식을 하고 비단옷을 입으며 살아가는 사람들이라, 한 번도 궁핍을 겪지 않았더군요. 지금 아무개는 곧 제주도에서 굶어 죽게 되었답니다. 소첩의 남자로서 굶어 죽는다는 것은 저의 수치입니다. 제가 그를 따라가겠어요."

그녀는 마침내 많은 재물을 가지고 바다를 건너 그를 따라갔다. 탐라에 이르러서는 지극히 화려하고 융숭하게 그를 대접했다. 기생은 그에게 이렇게 말했다.

"나리가 다시는 북쪽으로 돌아가지 못할 것은 정해진 이치예요. 굴욕적으로 사느니 차라리 즐기다 죽는 것이 낫지요. 그렇게 하지 않으렵니까?"

---

1 이른바 을해옥사 또는 나주괘서사건(羅州掛書事件)을 말한다. 영조 31년에 소론 일파가 노론을 제거할 목적으로 일으킨 역모사건이다. 이 사건이 전개된 결과, 소론들이 대거 죽임을 당하거나 실각하여 재기가 불가능해졌다.

그러고는 날마다 화주(火酒)를 장만하여 따라 부어 취하게 했고, 취하면 곧 그를 끌어다가 동침했다. 밤이고 낮이고 쉬지 않고 그렇게 지냈다.

얼마 지나지 않아 그 사람은 정말 병이 들어 죽었다. 기생은 그를 위해 관과 수의를 아주 화려하게 갖추어 장례를 치러주었다. 그다음에는 또 스스로의 장례를 위한 기물을 장만하고는 십여 폭의 서찰과 쓰다 남은 재물을 이웃 사람에게 맡기고 이렇게 부탁했다.

"제가 죽거들랑 이 기물로 염습해주세요. 이 재물로는 저를 강진(康津) 남쪽 해안으로 보내주시고, 이 서찰은 한양으로 전해주세요."

말을 마치자 통음(痛飲)하고 한바탕 통곡한 뒤에 절명(絶命)했다. 제주도 사람들이 그녀를 불쌍하게 여겨 부탁한 대로 해주었다. 기생이 부친 서찰이 한양의 옛 벗들에게 당도했다. 서찰을 받아 본 벗들은 그녀를 애도하고 그녀가 한 일을 의롭게 여겼다. 금전을 갹출하여 강진까지 가서 시신을 가져와 알맞은 장지를 구하여 장례를 치러주었다. 이 같은 일이 일어난 다음에야, 기생이 의리를 지닌 고매한 사람으로 명예와 금전만을 좇는 여자가 아님을 깨닫게 되었다.

아! 저 기생은 참으로 자중자애(自重自愛)하는 인간이요, 치마 입고 비녀 꽂은 여인 가운데 관부(灌夫)[2]라고 할 인물이다. 오로지 금전과 재물만을 좇는 세상의 기생들이 견줄 수 있으리오? 어떻

게 하면 그녀가 남긴 분단장과 향기를 얻어다 시교(市交)[3]를 일삼
는 세상 사람들에게 맛을 보일 수 있을지 안타까운 노릇이다. 아!

2 한(漢)나라의 인물로 오초(吳楚)의 반란 때 용맹을 떨쳤다. 자신의 위험을 생각지 않고 의
  협심을 발휘한 인물로 유명하다.
3 시장에서 이익을 위해 사람을 사귀는 것.

이 기생에게 문전박대를 당한 자들은

사내에게 집착하는 열심장(熱心臟)이라 그녀를 비꼬았으나

그녀가 실제로는 금도가 있는 줄 몰랐다.

....

낮은 자리의 고귀한 정신

주인공 기생을 원문에서는 협창(俠娼)이라 했다. 곧 '의협심을 가진 창기'라는 의미다. 현대적인 언어로 표현한다면, 도도한 고급 창녀가 곤경에 처한 옛 고객과 생사를 같이한다는 이야기다. 이 기생의 행위가 납득하기 어려운 면이 있기는 하지만, 작자는 금전적 가치로 우정을 계산하는 세인들의 가식적 행태에 경종을 울리는 의미를 이끌어내려 했다. 타락한 세상에서 가장 기대하지 않았던 존재가 보여준 의리와 협객의 정신을 찾아내려 한 것이다.

이 기생은 삶 자체가 파괴적이다. 최고의 용모를 가졌고 최고 수준의 부와 신분이 아니면 상대하지 않은 창기는, 최고의 인생에서 급전직하한 자기 고객과 단말마적 종말을 스스로 선택했다. 자신들의 삶을 폭력적인 술과 섹스로 파괴하는, 이들 최고의 남자와 창기에게서 퇴폐적·쾌락적 경화사족의 행태를 읽도록 배려한 글이기도 하다. 이야기의 이면에는 허무주의적 색채가 물씬 풍긴다.

이렇게 남자의 뒤를 따라 죽는 기생의 사연이 많지는 않지만, 18세기에는 여러 사례가 나타난다.

....

3

벙어리 신씨

申啞傳

탄재(炭齋)는 성이 신(申)으로 청도군의 벙어리 검공(劍工)이다. 이름이 없이 호로만 불린 그는 칼을 잘 만들었다. 그가 만든 칼은 날카롭고 가벼워서 일본도보다 나을 때가 있었다. 평범한 도공(刀工)은 쇠를 고르는 데 정력을 쏟았으나 탄재는 쇠는 묻지 않고 값만 물었다. 이유인즉, 값이 비싼 것이 상등품이기 때문이었다.

탄재는 성격이 몹시 사나워서 뜻에 거슬리는 자가 있으면 칼과 망치를 가지고 대들었다. 언젠가 경상감사가 그에게 명령을 내렸을 때, 명령을 전한 사자를 앞에 두고 자기 상투를 싹뚝 잘라 거절한 일도 있었다.

탄재는 검 이외의 다른 물품에도 해박했다. 고을 군수가 그에게 자기의 구슬갓끈을 감정시킨 일이 있었다. 그는 바로 침(針)으로 선을 긋고 겨자를 꽂아 섬 오랑캐가 호박(琥珀)을 채취하는 시늉을 했다. 군수가 그 물건을 연경(燕京)에서 구입했노라고 말하자, 그는 손을 들어 남쪽으로부터 북쪽으로 가서 다시 동쪽으로 오는 시늉을 했다. 하지만 사람들은 여전히 믿지 못하겠다는 눈치를 보였다. 탄재는 크게 노하여 그 갓끈을 망가뜨려 불에 던지자 송진 냄새가 풍겼다. 그제야 군수가 "네 말에 승복하기는 하겠다. 그러나 갓끈을 성치 않게 만든 것은 어쩌려느냐?"라고 했다. 탄재는 제집으로 달려가 한 줌을 움켜다가 돌려주었다. 모두 같은 물건이었다.

태어날 적부터 벙어리인 자는 반드시 귀까지 먹는다. 탄재는 벙어리이면서 또 귀머거리였으므로 남과 더불어 의사소통할 방법이 없었다. 그 고을 아전 가운데 수화를 잘하는 자가 있어 모양을 흉내 내어 말하면 서로 소상하게 그 내용을 이해했다. 그래서 늘 그를 통해서 탄재의 말을 통역했다.

그 아전이 탄재보다 먼저 죽었다. 탄재는 그의 집에 가서 그의 관을 때리며 종일토록 개가 울부짖듯이 끙끙대었다. 얼마 뒤에 그도 병들어 죽고 말았다. 탄재가 만든 칼은 이제 세상에 드물다.

탄재가 아내를 얻었을 때 처음에는 몹시 사랑했다가 우연히 아내가 월경대 찬 것을 보고는 몹시 더럽게 여겼다. 그로부터 부인이 지은 밥을 일체 먹지 않아서 그의 조카가 쌀을 씻어 밥을 지어 죽을 때까지 봉양했다.

매계자(梅谿子, 이옥)는 말한다.

그가 상투를 자른 일은 스스로를 지킴의 의미요, 호박을 알아차린 일은 날 적부터 아는 성인과 같다. 이 벙어리는 도를 얻은 자가 아닐까? 그렇다면 그는 한갓 검공에 그치는 자가 아니다. 아! 통역하던 아전이 죽자 애통해한 일은 지음(知音)을 얻기 어려움일 터이니 어찌 그리 하지 않을 수 있으랴?

내가 일찍이 그가 만든 칼을 얻었다. 예리하기가 머리칼을 불면 잘려나갈 정도였고, 날이 엷어서 금세 부서질 것만 같았다. 검을 잘 알아보는 이가 "멋진 검입니다. 살짝 건조시켜 솥에 삶은 고기를 베어보면 참으로 좋을 것입니다."라고 했다.

일화를 통해 내면 드러내기

칼을 만드는 장인의 평범치 않은 삶을 묘사했다. 이 검공이 호를 탄재(炭齋)라고 한 것은 '숯으로 칼을 벼리는 사람'이라는 의미를 취해서였다.

검을 만드는 명장의 독특한 성격과 내면을 부각시키는 데 글의 초점이 맞춰져 있다. 검공의 평범한 이력은 전혀 언급하지 않고, 몇 가지 특별한 일화를 제시함으로써 인물의 특징을 표현했다. 몹시 사나워 남에게 굴복하지 않는 성격과 월경하는 아내를 거부한 것이 매서운 성격을 보여주는 두 가지 삽화다. 두 삽화는 검공의 강인하고 괴팍한 성격을 표현한다. 그렇지만 수화로 의사를 전달해준 아전의 죽음을 슬퍼한 일에서는 매서운 성격의 일면에 도사린 따뜻한 인간미를 보여준다.

빅토르 위고가 기괴한 용모를 가진 노트르담의 꼽추를 통해서 정상적인 인간들이 보여주지 못한 따뜻한 인간미를 드러내고자 했듯이, 이옥은 추악한 외모의 저편에 숨어 있는 천재성과 강인한 정신의 높이를 벙어리 검공에게서 찾아낸다.

경상도 청도는 검을 만드는 명산지였다. 여기에서 만드는 보검은 조선 최고라는 명성을 누렸다. 청도가 이렇게 보검의 명산지로 명성을 누리게 된 계기는 한 벙어리 야장(冶匠)으로부터 시작되었다. 어디서 왔는지 알 수 없는 야장이 쇠를 단련하는 데 기묘한 기술을 가져서 손이 닿기만 하면 좋은 칼이 만들어졌다. 또 그는 검의 가격을 한 번 정하면 바꾸지 않았다. 그로부터 기술을 전수받은 장인이 많아져 명산지가 되었다고 전한다.

4

장터의 좀도둑

市偸

읍의 서문 밖에는 시장이 있다. 장이 서는 날, 생선장수가 이천오백 전을 잃어버렸다. 아무리 찾아도 찾지를 못했고, 물어볼 자도 없었다. 마침 고을 포교가 시장 북쪽의 좁은 골목을 지나가다 옷섶으로 무거운 물건을 싸들고 달려가는 사람을 보았다. 포교가 앞질러 가서 "싼 물건이 무엇이냐?"라고 묻자, "대추요!"라고 대꾸했다.

"대추면 하나 다오!"

"제사에 쓸 것이오."

"제사 대추는 한 개쯤 맛보지 말란 법 있나?" 하고 확 달려들어 더듬으니 돈이었다.

"이것이 대추냐?"

"쉿! 절반을 나눠주리다!"

하지만 포교가 그를 묶어서 관아에 넘겼다. 관아에서는 돈을 생선장수에게 돌려주고 훔친 자는 벌로 곤장 스무 대를 쳤다. 돈을 훔친 자는 밖으로 나와 웃으면서 말했다.

"평지에서 다리가 부러진다더니, 큰장을 출입한 지 십여 년에 넘어진 적 한 번 없었거늘. 창피해 죽겠구나! 명일은 의령 장이렷다. 이제 가면 얼추 닿겠군."

그러고는 성큼성큼 걸어갔다. 도둑질에 대한 처벌이 무거워야 하건만 무겁지 못한 결과다.

저잣거리 서민의 풍속

　포교를 속이는 기지(機智)나 훔친 돈을 반분하자고 포교를 꾀는 수완, "평지에서 낙상(落傷)한다."라는 속담을 구사하면서 투덜거리며 의령 장으로 향하는 대목의 묘사는 도둑의 전신(傳神)을 눈앞에 보는 듯 생생하게 전달한다. 구어의 생생한 감동을 잘 전해주는 문장이다.

5

문학의 신에게 올리는 제문

祭文神文

갑진년(1784)도 저물어 한 해를 마치는 섣달그믐 경금주인(絅錦主人, 이옥)은, 이날 시신(詩神)에게 제사를 올리는 옛사람의 의로운 일을 삼가 본받아, 글을 지어 문학의 신의 영전에 경건하게 고합니다.

아! 아! 문학의 신이여! 내가 그대를 저버린 일이 너무도 많구나! 나는 배냇니(젖니)를 갈기 전부터 글쓰는 일에 종사했으므로 그대가 나와 동무가 된 지도 어느덧 이십이 년이라는 세월이 흘렀다. 내 천성이 게을러 부지런하지 못한 관계로, 전후에 읽은 책 가운데《서경(書經)》은 겨우 사백 번을 읽었고,《시경(詩經)》은 백 독(讀)을 했는데 아송(雅頌)¹은 배를 더 읽었다.《주역》은 삼십 독을

했고, 공자·맹자·증자·자사가 지은 《사서(四書)》는 그보다 이십
독을 더했다. 내 성품이 〈이소(離騷)〉를 가장 사랑하여 입에서 읽
기를 그만둔 적이 없었으나 그조차도 천 독을 채우지 못했다. 그
나머지 책은 대체로 눈으로 섭렵했을 뿐이요 서산(書算)² 으로 셈
하여 읽지는 않았다.

또 눈으로 섭렵한 책을 말한다면, 주씨(朱氏)의 《자치통감강목
(資治通鑑綱目)》과 축씨(祝氏)의 《사문유취(事文類聚)》, 유종원(柳宗
元)의 문장 약간 편에 다소 힘을 기울였다. 통계를 내보면, 서책이
수레 한 대를 채우지 못할뿐더러 근면한 사람이 몇 해 동안 공부
할 양에 견줄 정도다. 그러니 입에서 내뱉는 말은 거칠고, 가슴에
서 뽑아내는 생각은 졸렬하여 문인의 반열에 끼일 수가 없다.

그렇기는 하나 오늘날의 세상을 내 일찍이 깊숙이 들여다보았
다. 박학으로 칭송이 자자한 자가 있어 질문을 해보니 독 속에 들
어앉아 별을 세는 꼴이었고, 사부(詞賦)와 고문(古文)을 잘 짓는다
고 알려진 자가 있어 글을 뽑아 읽어보았더니 남의 글을 훔치고
흉내 내는 꼴이었으며, 시문에 능하여 과장(科場)에서 기예를 뽐
내는 자가 있어 구해다 감상해보니 모두 허수아비를 꾸며서 저잣

---

1 《시경》에 들어 있는 아(雅)와 송(頌)을 아울러 이르는 말. 아는 주나라 조정의 음악이고,
   송은 조상의 공덕을 찬송하는 음악이다.

2 글을 읽은 횟수를 세는 데 쓰는 물건. 봉투처럼 만들어 거죽에 두 층으로 눈을 다섯 씩 에
   어서 그 눈을 접었다 폈다 하여 책을 읽은 횟수를 센다.

거리에서 춤추게 하는 꼴이었다.

그럼에도 불구하고 글솜씨가 좋다고 하여 저들 모두가 큰 도읍에서 명성을 날리고, 태평성대에 활개를 친다. 살아서는 과장과 관각(館閣)³에서 솜씨를 발휘하여 여유를 부리고, 또 죽어서는 글이 목판에 새겨지고 빗돌을 수놓는다. 몸은 죽어도 문장은 죽지 않는다. 낮은 것도 그들이 쓰자 높아지고, 자잘한 것도 그들이 쓰자 크게 되어 모두들 제 문학의 신을 저버리지 않는다. 유독 나만이 그렇게 하지 못한다.

아무리 경서에 술인 양 탐닉하고, 서책에 여자인 양 빠진다 해도 마찬가지요, 눈과 귀가 놓친 것을 손으로 베껴 공부해도 나를 박학하다고 칭찬하는 놈 하나 없다. 칭찬은커녕 마을의 멍청한 아이들조차 도리어 모욕한다.

꽃피는 아침, 달 뜨는 저녁에 열린 시회에서나 송별하는 자리, 유람하는 모임에서 사실을 서술하여 산문을 짓고 율격을 넣어 시를 지으니, 크게 애쓰지 않는 사이에도 그 수량이 많아졌다. 당시풍(唐詩風)도 아니고 명시풍(明詩風)도 아니며, 두보풍(杜甫風)도 아니고 소식풍(蘇軾風)도 아니었다. 지음(知音)이 두서넛 있어 분에 넘치게 칭찬하며 마음에 드는 말이 있다고 평하기는 한다. 그러나 슬프다! 한유(韓愈)를 만나지 못했으니 항사(項斯)가 누구에

3　조선시대에 홍문관·예문관·규장각을 통틀어 이르던 말. 학문과 문학에 뛰어난 문사들이 임용되던 부서다.

게 하소연하랴!⁴ 외출할 때에는 이웃 사람의 시통(詩筒)을 쓰고, 집에 있을 때에는 시주머니에 넣으면 되니, 큰 소의 허리를 짓누를 큰 전대가 굳이 필요하랴!

시험장에서 쓰는 문장은 대방가(大方家)가 달갑게 여기는 문학은 아니지만 수재(秀才)와 학구(學究)는 그러한 문장에 무게를 둘 수밖에 없다. 그것은 또 성균관 유생들이 조정에 진출하는 길이므로, 토끼 잡는 올가미요 물고기 잡는 통발 격으로 생각하여 반평생 신경을 쓴다. 따라서 과거에 뜻을 둔 지 십육 년 동안 천 편에 가까운 시를 지었고, 그사이 이백 편에 이르는 병려문도 지었으며, 책문(策文) 쉰 편을 채웠고, 부(賦) · 논(論) · 명(銘) · 경의(經義)를 틈틈이 번갈아 지어냈다. 망령되이 "과거에 한 번 합격하기에 부끄럽지 않을 정도다."라고 자부했다. 그러나 나무라는 자는 오히려 "시는 화려해야 하건만 껵껵하고, 병려문은 치밀해야 하건만 노성하고, 책문은 적절해야 하건만 넘친다. 부(賦) 이하는 비판할 가치조차 없다."라고 말한다.

이러한 까닭에 잠시 성균관에서 공부할 적에는 가까스로 장원에 가까웠지만 여러 차례 급제에 미치지 못했고, 일곱 번이나 과장에 들어갔으나 끝내 한 번도 합격하지 못했으며, 한 차례 대궐

---

4   한유와 항사는 당나라의 문사다. 당나라의 양경지(楊敬之)는 무명의 시인인 항사(項斯)를 아꼈다. 항사가 시권(詩卷)을 가지고 양경지를 찾아가자 그에게 "평소에 남의 좋은 점 숨길 줄 몰라, 만나는 사람마다 항사를 말하네."라는 시를 써준 뒤로 명성이 높아졌다.

에서 대책문(對策文)을 썼으나 내쫓김을 당했다. 나이 곧 스물여섯 살이 되려는데 아직도 일개 선비일 뿐이니 그 누가 이 사람이 과체(科體)에 능하다고 평가하겠는가? 설령 그들이 나를 능하다고 해도 나는 자신을 믿지 못하겠다. 자초지종을 묵묵히 따져보니 내가 그대를 저버리지 않은 것이 몇이나 되는가?

아! 똑같은 봄이건만 연꽃과 국화를 만난 봄은 반드시 머뭇머뭇하며 꽃을 피우기 어려워서 일찍이 피는 오얏꽃에 비교할 수가 없다. 이것이 어찌 봄의 잘못이랴! 연꽃과 국화가 봄을 저버린 결과다.

가만히 생각하니 낯이 뜨겁고 창자에 열이 나서 차마 더 말을 늘어놓지 못하겠다. 바라건대, 그대 문학의 신은 나를 비루한 놈이라 여기지 말고 바보 같은 성품의 나를 한 번 더 도와서 예전의 습성을 씻어버리게 해달라. 내 비록 불민하나 새해부터는 조심하여 그대를 저버리지 않도록 노력하리라.

오늘은 세모라, 내 감회가 많이 생겨 붓꽃을 안주 삼아 들고 벼루샘물을 술 삼아 길어 올리니, 마음의 향기 한 글자가 실낱같이 가늘고 희게 타오르는구나. 글을 잡고 신에게 고하노니 신령은 와서 흠향하시라!

불우한 문인의 영혼을 달래다

25세의 이옥은 특별하게 제야를 기념했다. 그는 문학의 신에게 제를 올리며 〈문학의 신에게 올리는 제문(祭文神文)〉과 〈섣달그믐의 바람(除夕文)〉을 지었다. 문학의 신에게 제를 올린다는 것 자체가 흥미롭다. 당나라의 시승(詩僧) 가도(賈島)는 섣달그믐날이면 한 해 동안 자신이 쓴 시를 앞에 놓고 술과 포를 차려서 문학의 신에게 제사를 올리며 "내 정신을 지치게 했으니 이것으로 보완하기 바라오."라고 했다. 여기서 문학의 신은 자기 내면의 다른 이름일 것이다. 글을 짓기 위해 갉아먹은 자기 정신에게 사죄하는 의미로 제를 올린 것이다.

가도처럼 이옥도 자기 정신을 위로하기 위해 두 편의 글을 썼다. 문학을 업으로 하여 제 문학의 신을 괴롭혔음에도 출세하지 못했으므로, 고생만 시키고 결과가 좋지 못한 점이 더없이 미안하다고 했다. 글을 쓰되 남에게 인정받지 못한 것은 모두가 내 잘못이니 오늘은 나를 용서하고 남의 인정을 받는 작가가 되려는 노력을 지켜봐달라는 것이다.

이옥의 글은 역설적이고 자조적이다. 글을 쓰는 행위에 대한 자의식이 매우 강한 이옥이기에, 자신의 글쓰기 행위가 시대와 불협화음을 일으키는 데 대해 오직 자기 영혼에게만 하소연할 수밖에 없는 심정을 토로했다. 당나라의 대표적 문인인 한유와 유종원도 자신들의 처지를 우의적으로 표현한 글을 남긴 바 있다. 이옥도 제야에 불우한 문인의 영혼을 스스로 달랬다. 그 괴로운 마음씀이 손에 잡힐 듯하다.

《백운필(白雲筆)》을 왜 쓰는가

白雲筆小敍

이 저작에 왜 백운필(白雲筆)이라는 이름을 붙였는가? 백운사(白雲舍)에서 붓을 들어 썼기에 붙였다. 백운필은 무엇 때문에 썼는가? 마지못해서 썼다. 왜 마지못해서 썼는가? 백운사는 본래 외지고 여름날은 한창 지루하다. 외져서 찾는 이가 없고, 지루하여 할 일이 없어서다. 할 일도 없는 데다 찾는 이조차 없으므로, 내 어떻게 본래 외진 곳에서 이 지긋지긋하게 지루한 시간을 보내야 좋단 말인가?

 길을 나서고 싶지만 갈 만한 데가 없을 뿐 아니라, 이글거리는 해가 등짝을 달구기 때문에 겁이 나서 감히 나가지 못한다. 낮잠을 자려 하지만 발 사이로 바람이 멀리서 불어오고 풀 냄새가 가까이서 올라온다. 심하면 입이 삐뚤어질까 걱정이고 못해도 학질에 걸릴까 염려되어 겁이 나서 감히 눕지 못한다. 책을 읽고자 하지만 몇 줄 읽으면 입이 마르고 목구멍이 아파서 억지로 읽지를 못한다. 책을 보고자 해도 겨우 몇 장만 보면 책으로 얼굴을 덮고 잠이 드니 이도 할 수 없다. 바둑을 두고 장기를 놓으며 쌍륙(雙陸)과 아패(牙牌)[1]를 하고자 해도 집 안에 쓸 만한 도구가 없기도 하고 성품에 즐기지도 않으므로 이도 할 수 없다. 그러니 나는 무엇을 하며 이런 곳에서 이런 날을 그럭저럭 보낸단 말인가? 부득불 손으로 혀를 대신하여 먹 형님, 붓 동생과 함께 말없이 수작을 나누는 일밖에 딱히 할 일이 없다.

그럴진대 내가 이야기하려는 것은 무엇인가? 내가 하늘에 대해 말하면 사람들이 반드시 천문을 배웠다고 할 텐데, 천문을 배운 자는 재앙을 입으므로 말할 수 없다. 땅에 대해 말하면 사람들은 반드시 지리를 안다고 할 텐데, 지리를 아는 자는 남에게 부림을 당하므로 말할 수 없다. 사람에 대해 말하면 남에 대해 말하는 자를 남들도 말하므로 이도 말할 수 없다. 귀신을 말하면 사람들은 반드시 내가 망언한다고 할 테니, 이도 말할 수 없다.

성리(性理)를 말하고자 하나 내가 평소 들은 바가 없고, 문장을

---

1   놀이의 명칭. 쌍륙은 여러 사람이 편을 갈라 차례로 두 개의 주사위를 던져 나오는 사위대로 말을 써서 먼저 궁에 들여보내는 놀이다. 아패는 곧 골패로서 오락 기구의 일종이다. 한 벌이 32장으로, 뼈·상아·대나무로 만들며, 윗면에 다른 방식으로 배열된 2~12개의 점이 새겨져 있다. 옛날에는 주로 도박 도구로 사용되었다.

말하고자 하나 문장은 우리 같은 자가 평할 수 있는 것이 아니다. 부처와 도가 및 방술(方術)을 말하고자 하나 내가 배우지 않았을 뿐만 아니라 내가 말하고 싶은 것도 아니다. 나아가 조정의 이해관계, 지방관의 우열장단, 관직과 재물, 여색과 주식(酒食)은 범익겸(范益謙, 범충)이 말해서는 안 될 일곱 가지 일이라고 한 것으로서,[2] 내 일찍이 좌우명으로 써두었으므로 이도 말할 수 없다.

그렇다면 나는 또 무엇을 가져다 말하고 붓으로 써야 할 것인가? 내 형편이 부득불 말하지 않을 수 없다. 그럼에도 불구하고 말하지 않는다면 그만이지만, 굳이 말해야 한다면 부득불 새를 말하고, 물고기를 말하고, 짐승을 말하고, 벌레를 말하고, 꽃을 말하고, 곡식을 말하고, 과일을 말하고, 채소를 말하고, 나무를 말하고, 풀을 말하는 것 외에는 다른 방도가 없다.

이것이 《백운필》을 마지못해서 쓴 까닭이고, 겨우 이런 것이나 말한 까닭이다. 사람이 말하지 않을 수 없기도 하지만 말해서는 안 되는 실정도 이런 지경이로구나! 아! 말을 조심할지어다!

계해년(1803) 5월 상순, 백운사 주인이 백운사의 앞마루에서 쓴다.

---

2 《소학(小學)》에 나오는 내용으로, 선인들이 중시한 덕목이다.

굳이 말해야 한다면 부득불 새를 말하고,

물고기를 말하고, 짐승을 말하고, 벌레를 말하고,

꽃을 말하고, 곡식을 말하고, 과일을 말하고, 채소를 말하고,

나무를 말하고, 풀을 말하는 것 외에는 다른 방도가 없다.

아주 사소한 글쓰기 주제

《백운필(白雲筆)》에 쓴 자서(自敍)다. 이 책은 상하 두 권으로 〈담조(談鳥)〉, 〈담어(談魚)〉, 〈담수(談獸)〉, 〈담충(談蟲)〉, 〈담화(談花)〉, 〈담곡(談穀)〉, 〈담과(談果)〉, 〈담채(談菜)〉, 〈담목(談木)〉, 〈담초(談艸)〉의 차례로, 모두 열 개 부문에 총 164칙의 기사를 실었다. 소제목에서 보여주듯이 새·물고기·짐승·벌레·꽃·곡식·과일·채소·나무·풀을 소재로 한 경험과 문견을 기록한 책이다.

이 자서는 두 가지 사실을 말하고자 했다. 첫째는 '무엇을 글로 쓸 것인가?'이고, 둘째는 '무엇 때문에 글을 쓰는가?'이다. 선비가 글을 쓰려면 천문(天文)이나 지리(地理), 인사(人事)와 같은 거창하고 보편적인 주제를 다루든지, 아니면 조정의 대사나 지방 고을의 치적에서부터 관직, 이재와 같은 거창하고 실리를 챙기는 주제나 주색잡기와 같은 풍류사를 다루어야 한다. 하지만 이옥은 그러한 주제는 자신이 쓸 것이 아니라고 거부하고, 대신 벌레나 물고기, 나무나 채소 같은 극히 사소하고 주변적인 사물로 눈을 돌린다. 이 자서는 그러한 글쓰기 대상의 남다른 특징을 해명했다. 다음으로 그는 마지못해서 글을 쓴다고 했다. 글을 쓰는 목적이 남들처럼 출세를 위해서나 잘 보이기 위해서가 아니라, 글쓰는 것 외에는 할 일이 없어서라는 고백이다.

이 자서는 소품문 창작의 심리 기저를 이옥 스스로 표명한 글로, 조선 후기 소품문 창작의 한 특징을 잘 드러낸다.

7

시장

市記

내가 머물고 있는 주막은 시장에서 가깝다. 2일과 7일이면 어김 없이 시장의 소리가 왁자지껄하게 들려왔다. 시장 북쪽은 바로 내 거처의 남쪽 벽 밑이다. 벽은 오래전부터 창이 없었다. 내가 햇볕을 받아들이기 위해 구멍을 뚫고 종이창을 만들었다. 종이창 밖으로 열 걸음을 채 못 가서 낮은 둑방이 있어 그리로 시장을 출입한다. 종이창에는 또 구멍을 내어 겨우 눈 하나를 붙일만 했다.

12월 27일에 장이 섰다. 나는 너무도 무료해서 종이창의 구멍을 통해 밖을 내다보았다. 그때 하늘에서는 여전히 눈이 쏟아질 태세여서 구름인지 눈기운인지 분간이 가지 않았으나 대략 정오는 이미 넘긴 때였다.

소와 송아지를 몰고 오는 자가 있고, 소 두 마리를 몰고 오는 자가 있고, 닭을 안고 오는 자가 있고, 팔초어(八梢魚, 문어)를 들고 오는 자가 있고, 돼지의 네 다리를 묶어서 둘러메고 오는 자가 있고, 청어를 묶어서 오는 자가 있고, 청어를 주렁주렁 엮어서 오는 자가 있고, 북어를 안고 오는 자가 있고, 대구를 손에 들고 오는 자가 있고, 북어를 안고 대구인지 팔초어인지를 손에 들고 오는 자가 있고, 연초(煙草)를 겨드랑이에 끼고 오는 자가 있고, 미역을 끌고 오는 자가 있고, 섶과 땔나무를 등에 메고 오는 자가 있고, 누룩을 등에 지기도 하고 머리에 이기도 한 채 오는 자가 있고, 쌀부대를 어깨에 메고 오는 자가 있고, 곶감을 안고 오는 자가 있고, 종이 한 묶음을 겨드랑이에 끼고 오는 자가 있고, 접은 종이 한 묶음을 들고 오는 자가 있고, 대광주리에 무를 담아 오는 자가 있고, 미투리를 손에 잡고 오는 자가 있고, 짚신을 들고 오는 자가 있고, 큰 동아줄을 끌고 오는 자가 있고, 무명베를 묶어서 휘두르며 오는 자가 있고, 자기를 안고 오는 자가 있고, 동이와 시루를 등에 메고 오는 자가 있고, 자리를 겨드랑이에 끼고 오는 자가 있고, 나뭇가지에 돼지고기를 꿰어 오는 자가 있고, 오른손에 엿과 떡을 쥐고서 먹고 있는 어린아이를 업고 오는 자가 있고, 병 주둥이를 묶어서 허리에 차고 오는 자가 있고, 짚으로 물건을 묶어서 손에 잡고 오는 자가 있고, 고리짝을 등에 지고 오는 자가 있고, 광주리를 머리에 이고 오는 자가 있고, 바가지에 두부를 담아서 오는 자가 있고, 주발에 술과 국을 담아서 조심조심 오는 자가 있고, 머리에 짐을 얹고서 등짐까지 지고 오는 여자가 있고, 어깨에 짐을 메고 아이를 머리에 이고 오는 남자가 있고, 머리에 이고 또 왼쪽 겨드랑이에 물건을 낀 자가 있고, 치마에 물건을 담아 옷섶을 든 여자가 있고, 서로 만나 허리를 구부려 인사하는 자가 있고, 서로 말을 주고받는 자가 있고, 서로 화를 내며 떠들썩한 자가 있고, 손을 잡아당기며 희롱하는 남녀가 있고, 갔다가 다시 오는 자가 있고, 왔다가 다시 가는 자가 있고, 갔다가 또다시 오며 바삐 서두는 자가 있고, 넓은 소매에 긴 옷자락의 옷을 입은 자가 있고, 위에는 저고리 아래에는 치마를 입은 자가 있고, 좁은 소매에 긴 옷자락의 옷을 입은 자가 있고, 좁고 짧은 소매에 옷자락이 없는 옷을 입은 자가 있고, 방갓[1]을 쓰고 흉복[2]을 들고 있는 자가 있고, 승복과 중모자를 쓴 중이 있고, 패랭이를 쓴 자가 있고, 여자들은 모두 흰 치마를 입었는데 간혹 푸른 치마를 입은 자가 있고, 의관을 갖춘 어린아이가 있다. 남자는 삿갓을 썼는데 자주색 휘항[3]을 십중팔구 썼고 목도리를 한 자가 열 중 두셋이다. 패도(佩刀)[4]는 동자들같이 어린것들도 찼다. 나이 서른 이상 되는 여자는 모두 검은 조바위[5]를 썼는데, 그중 흰 조바위를 쓴 자는 복(服)을 입은 사람이다. 늙

---

1 예전에, 주로 상제가 밖에 나갈 때 쓰던 갓.
2 상복(喪服)의 다른 말.
3 추울 때 머리에 쓰던 모자의 하나.
4 노리개에 차는, 칼집이 있는 작은 칼.
5 추울 때에 여자가 머리에 쓰는 물건의 하나.

은이는 지팡이 짚고, 어린이는 손을 잡고 간다. 행인 가운데 술에 취한 자가 많은데, 가다가 넘어지기도 한다. 급한 자는 달려간다. 구경이 다 끝나지 않았는데 땔나무 한 짐을 진 자가 나타나 종이 창 밖의 담장 정면에 앉아 쉰다. 나도 그제야 안석에 기대 누웠다. 세모라서 시장은 한결 붐빈다.

단조로운 글쓰기에 실린 무료함

　이옥이 1799년 10월부터 1800년 2월까지 삼가현에 충군 가서 머물렀을 때 지은 글을 모아 《봉성문여(鳳城文餘)》라는 작품집을 엮었다. 이 〈시장〉은 그때 겨울에 썼다. 문체파동으로 갑자기 낯선 타지에서 무료하게 시간을 보내는 작자가, 잠시 머문 주막의 창문 틈을 통해서 오가는 이들을 차례대로 기록했다. 그는 '극도로 무료해서' 이 글을 썼다고 했다. 앞의 《백운필(白雲筆)》을 쓰는 동기에서도 밝혔듯이, 그가 글을 쓰는 중요한 동기는 바로 이 무료함이다. 어떤 목적의식에서 글을 쓰는 것이 아니라 그저 무료하기 때문에 글을 쓴다는 표명은 곧 그의 희작적 글쓰기의 전제다.

　이 글은 의도적 관찰이 아니라 우연히 눈에 들어온 현상을 썼다. 문틈으로 본 사람들을 차례로 기록했고, '누가 있고'를 반복한 아주 단조로운 문체다. 그 단조로움 속에서 생동하고 입체적인 느낌을 주는 것은 한 사람 한 사람이 각각의 특색과 변화를 보이기 때문이다. 시골 오일장의 인정물태를 읽는 것이 큰 흥미를 자아낸다. 특히 글의 마지막 대목이 인상적이다. 땔나무를 진 자가 우연히 문틈을 막은 채 쉬고 있기에 작자도 보기를 쉰다. 보기를 그친 것도 우연이다.

8

원통경

圓通經

나는 이렇게 생각했다.

날씨가 추운 대한(大寒)·소한(小寒) 절기에, 나는 썰렁하고 냉기가 도는 방구석에서 옷을 벗고 홀로 누웠다.

때는 삼경(三更)이라, 눈보라가 크게 일어나는데, 구들에는 온기라곤 전혀 없었다. 이때 이불은 차츰차츰 얇아지기 시작했다. 나는 추위에 벌벌 떨며 온몸의 피부가 좁쌀 크기로 일어났다. 일어나 앉아 있을 수도 없고, 잠을 이룰 수도 없었다. 긴 몸뚱어리가 갑자기 줄어들고, 모가지는 오므라들어 이불 속으로 들어갔다.

나는 그때 이러한 생각을 떠올렸다.

한양성 안에 사는 가난한 선비가 이러한 밤을 맞이하여, 사흘 동안 쌀 구경을 못하고 열흘 동안 땔나무를 때지 못하고 그저 말똥을 때고 쌀겨를 먹을 뿐이었다. 사람을 따뜻하게 만드는 일체의 물건은 저절로 찾아오지 않는 법이라, 털 빠진 개가죽과 구멍 뚫린 부들자리만 남았다. 휘장도 없고 이불도 없으며, 요도 없고 모포도 없으며, 병풍도 없고 등잔도 없으며, 깨진 화로에는 불씨조차 없다. 그렇지만 어쩔 수 없이, 이 방 안에서 이렇게 혹독한 추위를 견디며 이렇게 긴긴 밤을 보내지 않을 도리가 없다.

그렇다면 또 어쩔 수 없이 오른쪽 어깨를 드러내고, 그저 죽을 생각으로 머리를 바닥에 처박고, 무릎을 가슴에 딱 붙였다. 귀를 젖가슴에 파묻고, 등뼈를 활처럼 둥그스름하게 굽힌 채 손을 새끼로 동여맨 듯 깍지를 끼었다. 처음에는 젖을 먹는 양 같고, 잠자는 소 같기도 하고, 조는 고양이 같기도 하고, 묶어놓은 사슴 같기도 했다. 그 형세가, 살아날 것 같지도 않았지만 그렇다고 죽을 것 같지도 않았다. 단지 한 줄기 따뜻한 숨이 목구멍 틈새로 나왔다 들어갔다 했다. 가깝게는 태양이 속히 나오기만 바라고, 멀게는 따뜻한 봄이 서둘러 돌아오기만 바랐다. 이것을 제외하곤 전혀 눈곱만큼도 다른 생각이 없었다. 이것을 일러 제팔빙상지옥(第八氷床地獄)이라 할 것이다. 그럴지라도 세상에 살아 움직이는 것을 없앨 수는 없다.

내가 처한 처지와 저 선비의 처지를 견주어보니, 여기는 후끈후끈한 방이요 따뜻한 이불에 온돌 위가 아닐 수 없었다. 내가 이러한 생각을 만들어내자 그 즉시 따사로운 바람이 배 속으로부터 일어나서 방 안을 가득 채우는 것이었다. 어느새 내 방 안은 불타는 듯한 큰 화로가 되었다.

이제 나는 이러한 망상을 이용하여 곳곳에서 생각을 만들어낼 것이다. 배 속이 텅 비게 될 때에는 거꾸로 삼순구식(三旬九食)하느라 달력을 보고서 불을 지피는 가난뱅이를 떠올릴 것이다. 집을 오래 떠나 있을 때에는 거꾸로 만리타향에서 십 년이 넘도록 귀향하지 못하는 나그네를 떠올릴 것이다. 너무나도 잠이 몰려올 때에는 거꾸로 파루(罷漏)를 알리는 쇠북이 울리자 신새벽에 닭 우는 소리를 들으며 출근하는 벼슬아치를 떠올릴 것이다. 이제 막 과거에 떨어졌을 때에는 거꾸로 백발이 성성하도록 경서를 공부했으나 한 번도 합격하지 못한 궁상맞은 선비를 떠올릴 것이다. 외로움이 사무칠 때에는 거꾸로 아무도 없는 쓸쓸한 공산에서 홀로 앉아 염불하는 늙은 스님을 떠올릴 것이다. 음욕이 솟구칠 때에는 어쩔 도리가 없어 쓸쓸한 집에서 홀로 자는 내시를 떠올릴 것이다.

이 생각 저 생각 일어나다 수만 가지 생각으로 번지고, 나중에는 아승지겁(阿僧祇劫)[1]의 생각이 떠오르고, 갠지스 강의 모래알같이 많은 생각이 떠오를 때마다 이러한 생각을 떠올릴 것이다. 그러면 목마른 자가 제호탕(醍醐湯)[2]을 마신 듯하고, 병자가 대의왕

---

1 불교 용어로, 헤아릴 수 없이 지극히 긴 시간.

2 우유로 만든 음료.

(大醫王)³이 만든 좋은 약을 복용한 듯하리라. 이것을 일러 나무관세음보살(南無觀世音菩薩)의 버들가지 호리병 속에 든 감로법수(甘露法水)라 한다.

---

3 부처를 가리킨다.

....

망상을 통해 현실을 폭로하다

　앞서 소개한 〈시장〉과 함께 1799년 10월부터 1800년 2월까지 머문 삼가현에서 지은 글로 《봉성문여》에 실려 있다. 그해 겨울의 체험이 투영되어 있다. 제목 〈원통경(圓通經)〉은 '원만하고 통달한 경지에 관한 불경'이라는 의미로, 불경을 모방한 희작이다. 제목만이 아니라 문체도 불경을 흉내 냈다. "나는 이렇게 들었다(如是我聞)."라는 불경의 서두를 빌려 "나는 이렇게 생각했다(如是我想)."라고 시작한 것이나 원문이 사언구(四言句)로 일관한 것이나 불교 개념이 두루 쓰인 것이 그 증거다. '원만과 통달[圓通]'이란 표제를 단 것은 역설이다. 견딜 수 없는 추위와 가난의 고통을 원통경의 힘을 빌려 탈출하려는 심사다.

　글은 희화적(戲畫的)이지만 그 기반은 몹시 현실적이다. 가난 때문에 긴긴 겨울밤을 추위에 덜덜 떨며 잠 한숨 못 이루고 새벽을 맞이하는 수많은 가난한 서민의 생활이 이 글의 현실적 기반이다. 그리고 그 고통을 이기는 유일한 방법은 망상이다. 자신보다 더한 고통에 처한, 한양성 안의 허다한 선비를 머릿속에 떠올림으로써 "나는 그들보다 행복하다!"라고 외치는 것이다. 그럼으로써 일시적으로 자신의 불행이 망각될 수 있다. 그러나 불행이 이뿐이랴? 문체 파동으로 인하여 먼 시골에 충군된 자로서 겪는 배고픔, 타향살이, 졸음, 과거 낙방, 외로움, 금욕 등 적지 않다. 이옥은 자기 내부에 도사린 이러한 온갖 욕망과 궁핍의 실상을 드러내면서 돌파구 없는 현실을 폭로한다. 이 글은 역설적으로 자신의 실존적 위기감을 표현한다.

....

7

거장의 따뜻한 시선과 멋, 정약용

정약용

정약용(丁若鏞, 1762~1836)은 자는 미용(美庸), 호는 다산(茶山) 또는 사암
(俟庵)이다. 당파는 남인(南人)으로 젊어서부터 훌륭한 학자로 인정받았
다. 문과에 급제한 이후 정조의 총애를 받으며 형조참의 등의 내직과 곡
산부사(谷山府使) 등의 외직을 맡아서 치적을 쌓았다. 정조 사후에는 18
년 동안이나 강진에서 유배 생활을 했다. 정계에서 완전히 쫓겨난 이후
학문에 몰두하여 수많은 저술을 남겼다. 그의 방대한 저술은 《여유당전
서(與猶堂全書)》에 실려 있다.

　정약용은 새삼 설명할 필요가 없는 조선 후기의 대학자이자 문인이
다. 그는 당대 현실을 폭로한 현실주의적 시 작품과 자연과 풍토를 묘사
한 수준 높은 시 작품을 써서 조선 후기를 대표하는 한시 작가로 이름이
높다. 반면에 산문 작가로서 위상은 거의 논의되지 않았다. 하지만 그는
뛰어난 한시 작가일 뿐만 아니라 우수한 산문을 많이 남긴 산문 작가이
기도 하다.

무엇보다 정약용의 산문은 양적으로 풍부하다. 정통적 문체로 쓴 산문 작품은 고문가로 이름이 높은 문인들에 비해서 수준이 떨어지지 않는다. 더욱이 작품의 수량은 어떤 작가보다도 많다.

정약용은 정치와 역사, 법제를 논한 논설문의 영역에서 좋은 작품을 다수 지었다. 논변류(論辨類) 계열의 산문은 깊이 있는 통찰과 예리한 분석력, 명쾌한 논리가 돋보인다. 특히, 서간문은 양도 풍부하고 문장도 빼어나다. 가족과 친우들 사이에 주고받은 짤막한 서신은 따뜻한 인간미를 풍겨 지금도 널리 읽힌다.

정약용의 산문에서 비교적 덜 알려진 영역이 서정적인 산문이다. 젊은 시절에 쓴 문장 가운데에는 소품취를 띠는 작품이 적지 않다. 길이도 짧고, 서정적 아름다움을 표현한 작품들이다. 그가 소품문을 반대하는 글을 쓰기는 했지만, 실제로는 동시대 문인들의 습기(習氣)에 젖어 소품문의 취향을 발산하는 산문을 적지 않게 창작했다. 유기(遊記)나 잡기(雜記), 제발(題跋), 서신(書信)에서 소품취의 글을 찾아볼 수 있다. 그 산문을 통해서 인생을 바라보는 따뜻한 시선과 인생의 멋을 구가하려는 열망 등 기존에 알려진 것과는 다른 산문 세계를 볼 수 있다.

1

세검정 폭포

游洗劍亭記

세검정의 멋진 풍경은 소나기가 쏟아질 때 폭포를 보는 것, 오로 지 그것이다. 그러나 비가 한창 내리는 동안에는 사람들은 비를 맞으며 말을 타고서 교외로 나서려 하지 않는다. 그러다 비가 걷 히면 산골짜기 물은 벌써 수그러든다. 그러다 보니 세검정이 가까 운 곳에 있다 해도, 성 안에 사는 사대부들 가운데 세검정의 멋진 풍경을 제대로 즐긴 사람이 드물다.

신해년(1791) 여름, 나는 한혜보(韓徯父, 한치응)를 비롯한 여러 벗 과 명례방(明禮坊)¹에서 조촐한 모임을 가졌다. 술잔이 이미 돌고

---

1 현재의 명동 일대.

있는데, 혹독한 더위가 푹푹 찌더니 먹장구름이 갑자기 사방에서 일어나며 마른 우레가 우렁우렁 소리를 냈다. 나는 술병을 차고 벌떡 일어나면서 말했다.

"이건 폭우가 쏟아질 조짐일세. 자네들, 세검정에 가보지 않겠나? 가지 않을 사람은 벌로 술 열 병을 내서 한 상 차리도록 하게나!"

모두들 "이를 말인가!" 하고 맞장구를 쳤다.

드디어 마부를 재촉하여 말을 타고 길을 나섰다. 창의문(彰義門)을 나서자 주먹만 한 빗방울 서너 개가 벌써 떨어졌다. 말을 재게 달려 정자 아래 이르자, 수문 좌우의 산골짜기는 벌써 고래가 물을 뿜듯 하고, 옷소매도 얼룩덜룩 젖었다.

정자에 올라 자리를 펴고 앉았다. 난간 앞의 나무는 벌써 미친 듯이 흔들리고, 뼈에 사무치도록 바람이 밀려왔다. 그러더니 비바람이 크게 일며 산골짜기 물이 갑자기 몰려와서는 순식간에 계곡을 메우고 골짜기를 울렸다. 물살이 솟구치고 휘돌아 부딪치고 퉁탕거리며 모래를 뒤흔들고 바위를 굴리며 우르릉 쿵쾅 달아났다. 정자의 주춧돌을 할퀴는 물살은 형세가 웅장하고 소리가 사나워 서까래고 난간이고 마구 흔들었다. 오싹하여 마음 편히 앉아 있을 수가 없었다. 내가 "어떤가?" 하고 묻자, 모두들 "이를 말인가!" 하며 맞장구를 쳤다. 술과 음식을 내오고 웃고 떠드는 소리가 왁자했다.

잠시 후 비가 그치고 구름도 걷히고 산골 물도 점차로 잔잔해졌다. 저녁 해가 나뭇가지에 걸려 자줏빛, 푸른빛 갖가지 빛깔이었다. 서로 뒤섞여서 베고 기대서는 시를 읊조리며 누웠다.

조금 뒤 심화오(沈華五, 심규로)가 이 소식을 듣고 뒤따라 정자에 왔으나 물은 벌써 잔잔해진 뒤였다. 본래 그도 불렀으나 즉시 오지 않은 탓이다. 모두들 그를 조롱하고 화를 냈다. 그와 함께 술을 한 순배 더 마시고 돌아왔다. 그 자리에는 홍약여(洪約汝, 홍시제), 이휘조(李輝祖, 이중련), 윤무구(尹无咎, 윤지눌)도 함께했다.

"이건 폭우가 쏟아질 조짐일세.
자네들, 세검정에 가보지 않겠나?
가지 않을 사람은 벌로 술 열 병을 내서
한 상 차리도록 하게나!"

폭포수 같이 거센 호흡의 문장

세검정에 소나기가 내릴 때 만들어지는 폭포를 감상한 글로, 문체는 유기(遊記)다. 평소에는 기회가 주어지지 않지만, 특별한 기회에나 감상할 수 있는 자연의 한 현상을 포착한 체험을 썼다. 평소에도 세검정은 아름다운 풍치를 자랑하지만, 소나기가 내려 골짜기에 갑자기 물이 불어 폭포가 형성되고, 계곡 물이 거세게 몰려들면 색다른 장관을 연출한다. 그 장관은 누구나 감상할 수 없다. 그런 장관이 있다는 사실을 안다 해도, 사람들은 비를 맞기 싫어해서 구경하러 가지 않는다. 장관은 아름다움을 감상하려는 욕구를 가진 사람에게만 열려 있고, 아름다움은 오래가지 않는다는 걸 말해주려는 의도가 있다.

이 글은 호쾌한 정서와 경쾌하고 빠른 호흡이 인상적이다. 무더위에 소나기가 내리는 장면의 제시도 그렇지만, 세검정 아래를 흘러가는 거센 물이나 폭포수의 묘사도 그렇다. 문체는 그 호쾌함을 서술하는 데 적절하게 사용되고 있다.

··········

2

죽란시사의 약속

竹欄詩社帖序

예로부터 지금까지 오천 년 시간 속에서 같은 세상에 더불어 사는 것은 단순한 인연이 아니다. 가로세로 삼만 리 공간 속에서 같은 나라에 더불어 사는 것 역시 단순한 인연이 아니다. 그러나 많고 적은 나이 차이가 있고, 사는 곳이 멀리 떨어져 있으면, 서로 만난다 해도 대하기가 거북하여 즐거움이 적거나 한세상 마치도록 서로 모르기도 할 것이다. 이 몇 가지 경우가 아니더라도 또 곤궁하고 현달한 차이가 있거나 취향이 다르면 아무리 나이가 똑같고 이웃에 살더라도 어울려서 즐겁게 지내려 하지 않는다. 이것이 인생에서 교유가 넓지 않은 까닭이다. 특히 우리나라가 더 심하다.

나는 일찍이 채이숙(蔡邇叔, 채홍원)과 더불어 시사(詩社)를 만들어 모두 함께 즐겁게 지내자고 상의한 일이 있다. 그때 채이숙은 이렇게 말했다.

"나와 자네는 동갑일세. 우리보다 나이가 9년 이상 많은 사람과 우리보다 9년 이상 적은 사람을 나와 자네가 다 친구로 삼을 수 있네. 그러나 우리보다 9년 이상 많은 사람과 우리보다 9년 이상 적은 사람을 만나게 되면, 나이 많은 이에게는 허리를 굽혀 절을 하고 나이 적은 이에게는 자리를 피해주는 탓에, 모임은 벌써 뿔뿔이 흩어질 걸세."

그래서 우리보다 4년 이상 많은 사람으로부터 우리보다 4년 이하 적은 사람까지 동인(同人)을 모아보니 모두 열다섯 사람이었다. 곧 이주신(李舟臣, 이유수), 홍약여, 이성훈(李聖勳, 이석하), 이자화(李子和, 이치훈), 이양신(李良臣, 이주석), 한혜보, 유진옥(柳振玉, 유원명), 심화오(沈華五, 심규로), 윤무구, 신경보(申景甫, 신성모), 한원례(韓元禮, 한백원), 이휘조와 내 형제, 그리고 채이숙이 바로 동인이었다.

이 열다섯 사람은 서로 비슷한 나이에 서로 바라보이는 가까운 곳에 살면서 태평한 시대에 급제하여 나란히 벼슬아치 명부에 이름이 올라 있다. 지향이 비슷한 데로 귀결되니 시사를 결성하여 즐김으로써 태평 시대를 멋지게 꾸미는 것도 좋지 않겠는가?

모임이 결성되자 다음과 같이 약속했다.

살구꽃이 막 피면 한 번 모이고, 복숭아꽃이 막 피면 한 번 모인다. 한여름에 참외가 익으면 한 번 모이고, 막 서늘해지면 서지(西池)에서 연꽃 구경하러 한 번 모인다. 국화가 피면 한 번 모이고,

겨울철 큰 눈이 내리면 한 번 모이며, 세밑에 분매(盆梅)가 꽃망울을 터뜨리면 한 번 모인다. 모일 때마다 술과 안주, 붓과 벼루를 장만하여 술을 마시고 시를 읊도록 한다.

나이가 적은 사람이 먼저 모임을 마련하여 나이 많은 사람에게 이르되, 한 차례 돌면 다시 반복한다. 아들을 낳은 이가 있으면 모임을 마련하고, 수령으로 나가는 이가 있으면 마련하고, 품계가 올라간 이가 있으면 마련하고, 자제가 과거에 급제한 이가 있으면 마련한다.

그리하여 이름과 약속을 쓰고 죽란시사첩(竹欄詩社帖)이라 제목을 썼다. 이 모임이 우리 집에서 많이 열렸기 때문이다.

번암(樊巖) 채제공(蔡濟恭) 어른께서 이 소식을 듣고 감탄하며 당부하셨다.

"이 모임은 참으로 훌륭하도다! 내가 젊었을 때에는 어찌 이런 일을 할 수 있었으랴! 이것은 모두 우리 성상께서 20년 동안 선비를 기르고 생성하며 도야하고 완성시키신 보람이다. 늘 모일 때마다 성상의 은택을 노래하여 보답할 길을 생각해야지, 술에 몹시 취해 큰소리치는 짓을 하지 마라!"

채이숙이 내게 서문을 쓰라고 청하길래 번암의 훈계까지 아울러 기록하여 서문을 쓴다.

．．．．．．．．．．

나이와 취향이 같은 동인의 결성

젊은 시절의 발랄하고 경쾌한 문체가 잘 드러난 서문이다. 글에는 죽란시사의 존재와 결성 동기, 의의가 인상적으로 묘사되고 있다. 죽란시사는 1794년 무렵부터 정조 사망 직전까지 유지되었다. 남인 관료 문사들이 결성한 시사로서 중심인물인 다산이 그 의의를 밝힌 글이다.

글은 네 단락으로 나뉜다. 죽란시사 결성 동기를 밝힌 첫 대목은 같은 나이와 같은 취향을 지닌 친구를 만나서 어울리기가 얼마나 힘든가를 밝혀 결사의 필요성을 제시했다. 두 번째 대목은 시사 동인의 구성원을 구체적으로 제시했다. 세 번째 대목은 시사의 규약과 죽란시사로 명명한 근거를 밝혔다. 규약이 조금 장황하지만 그 내용은 매우 낭만적이다. 마지막 대목은 원로로부터 받은 격려와 경계의 말을 덧붙여 시사의 지향과 결성의 의의를 한층 분명하게 밝혔다.

이 서문은 젊은 시절 남인 관료들의 풍류운사(風流韻事)가 아름답게 묘사되고 있다. 사실을 정확하게 밝히는 문서의 기능에도 충실하지만 문예미도 갖춘 글이다. 이 시사의 실제 활동을 보여주는 실물 자료인 《익찬공서치계첩(翊贊公序齒稧帖)》과 함께 보면 그 활동상을 더욱 구체적으로 알 수 있다. 그 사실은 나의 글 〈다산 정약용의 죽란시사 결성과 활동양상—새로 찾은 죽란시사첩을 중심으로〉(《대동문화연구》 83집)에 자세하게 밝혀져 있다.

．．．．．．．．．．

3

소내 낚시꾼의 뱃집

苕上烟波釣叟之家記

원굉도는 "천금을 주어 배 한 척을 사고, 배 안에는 북과 피리를 비롯한 갖가지 즐길 거리를 갖추어놓고, 마음속으로 하고 싶은 것을 내키는 대로 실컷 즐기고 싶다. 그 때문에 패가망신할지라도 후회하지 않으련다."라고 말했거니와, 이런 짓은 미치광이나 탕자들이 하는 바일 뿐 내가 하고 싶은 바는 아니다.

대신 나는 이렇게 하고 싶다.

일금(一金)을 들여 배 한 척을 산다. 배 안에는 그물 네댓 장, 낚싯대 한두 대를 놓아둔다. 가마솥과 작은 솥, 술잔과 쟁반을 비롯한 온갖 살림살이를 장만하고, 방 한 칸을 만들어 구들을 들인다. 집은 두 아이에게 맡기고, 늙은 처와 어린 아들, 종 하나를 데리고 물 위에 뜨는 뱃집을 띄워 수종산과 소내 사이를 오간다. 오늘은 월계(月溪)의 소에서 물고기를 잡고, 다음 날은 석호(石湖)의 물굽이에서 낚시질하며, 또 그다음 날은 문암(門巖)의 여울에서 고기를 잡는다. 바람을 맞으며 밥을 먹고, 물 위에서 잠을 자며, 파도 위의 오리처럼 둥실둥실 떠다닌다. 때때로 짧은 노래 작은 시를 지어, 기구하고도 뇌락(牢落)한 심경을 스스로 펼쳐낸다.

이것이 내가 바라는 삶이다.

옛사람 가운데 이런 삶을 실행한 분이 있거니와, 은사 장지화(張志和)가 바로 그다. 장지화도 본래는 관각(館閣)의 학사(學士)로서 만년에 관직에서 물러나 이렇게 살며 스스로를 '연파조수(烟波釣叟, 물안개 속에서 낚시하는 늙은이)'라 했다. 나는 그의 풍모를 듣고 흠모하여 '소상연파조수지가(苕上烟波釣叟之家, 소내의 물안개 속에서 낚시하는 늙은이의 집)'라고 쓰고는, 장인을 시켜 문패로 만들어 간직해 온 지 몇 해째다. 언젠가 나의 배에 걸고 싶어서다. 여기서 집이란 수상가옥[浮家]을 일컫는다.

경신년(1800) 첫여름, 처자를 거느리고 소내의 별서(別墅)로 내려와 막 뱃집을 마련하려던 참이었다. 임금님께서 내가 떠났다는 말을 들으시고 내각(內閣)에 명하여 부르셨다. 오호라! 또 어쩌면 좋단 말인가?

서울로 되돌아갈 때 문패를 꺼내어 유산(酉山)의 정자에 걸어두고 떠났다. 내가 연연해하며 머뭇거리면서도 차마 가진 뜻을 굳게 지키지 못하는 이유가 어디에 있는지를 표하기 위해서다.

바람을 맞으며 밥을 먹고, 물 위에서 잠을 자며,

파도 위의 오리처럼 둥실둥실 떠다닌다.

때때로 짧은 노래 작은 시를 지어,

기구하고도 뇌락(牢落)한 심경을 스스로 펼쳐낸다.

문장으로 그린 이상적 생활공간

1800년 4월 무렵에 쓴 글이다. 이해 6월에 정조가 승하하고 해를 넘겨 신유사옥이 발생하여 정약용은 온갖 고초를 겪는다. 이 글은 정계에서 벗어나 고향인 소내에서 지내고 싶은 열망을 표현했다. 그 집은 땅 위에 지은 집이 아니라 수상가옥이다. 이른바 부가범택(浮家汎宅) 위에서 낚시를 하며 살아가고픈 소망을 피력했다.

정약용은 첫 대목에 명말의 문인인 원굉도가 수상가옥을 장만하여 살겠다고 한 욕구를 소개했다. 중국에서는 그러한 생활을 영위하는 자가 적지 않았다. 그런데 원굉도의 소망은 인생의 쾌락을 추구하는 호사스러운 것이다. 소망의 내용은 비슷하나 규모나 접근하는 마음이 다르다. 정약용은 단호하게 자신의 소망은 그와는 다르다고 했다. 쾌락을 추구하기 위해서가 아니라, 현실의 중압감에서 벗어나 물 위에서 흔들거리고픈 욕구가 배어 있다. 그 점은 정조가 그를 불러서 할 수 없이 다시 서울로 가야 한다는 뒷부분의 이야기가 너무도 쓸쓸하게 쓰인 데서 알 수 있다. 아무래도 그는 한양의 정계에 드리운 암울한 정세 변화를 느끼고, 미래에 불어닥칠 살육의 조짐을 읽은 게 아닐까?

한편, 정약용은 이 글을 쓰기 몇 해 전에, 한강을 따라 올라가는 길에 이렇게 부가(浮家) 생활을 하는 늙은 어부 일가를 만나고 나서 그의 삶을 묘사한 〈양강에서 어부를 만나다〉라는 시를 쓴 바 있다. 그 시에 자신도 아들 둘을 데리고 소내로 들어가 그렇게 살고 싶다는 바람을 표명했다.

4

유인(幽人)이 사는 곳

題黄裳幽人帖

《주역》 이괘(履卦)가 무망(无妄)으로 변하는 효사(爻詞)에 "유인(幽人)이라야 정(貞)하고 길(吉)하다."라고 했다. 그것을 나는 이렇게 풀이한다.

간산(艮山) 아래와 진림(震林) 사이에서 손(巽)으로써 은둔하여, 천명(天命)을 받들어 순응한다. 간산에는 과일을 심고 진림에는 채소를 심는다. 큰길을 밟으며 탄탄하게 걷고, 하늘이 준 복을 즐기며 산다. 이것이 큰 사람의 넉넉함이니 유인(幽人)의 삶이 참으로 길하지 않은가?

하늘은 청복(淸福)을 매우 아끼기 때문에, 왕후장상 같은 귀족이나 도주(陶朱)·의돈(猗頓)¹ 같은 부자는 거름과 흙처럼 세상에 널려 있어도 저 이괘(履卦) 구이(九二)의 길함을 누렸다는 자는 듣지 못했다. 옛날 〈장취원기(將就園記)〉를 쓴 사람이 있기는 하지만,[2] '장차 가겠다는[將就]'는 말을 쓴 것으로 보아 아직 가지 않았음이 분명하다. 강진 사는 황상(黃裳)이 그 세목(細目)을 묻기에 내가 이렇게 말했다.

땅을 선택할 때에는 반드시 산수가 아름다운 곳을 얻어야 한다. 강을 끼고 있는 산보다는 시내를 끼고 있는 산이 낫다. 동네 입구에는 반드시 가파른 암벽이 서 있어야 하고, 조금 들어가면 확 트여서 눈을 즐겁게 해주는 곳이 복된 땅이다. 지세(地勢)가 모인 중앙지대에 초가집 서너 칸을 짓되, 나침반을 똑바로 하여 정남향으로 세운다. 집을 몹시 정교하게 치장한다. 순창에서 나는 설화지(雪華紙)로 벽을 바르고, 도리 위에는 가로로 담묵(淡墨) 산수화를 걸며, 문에는 고목이나 대나무, 바위 그림을 걸거나 짧은 시를 써서 건다.

방 안에는 책시렁 두 개를 놓고 서적 천삼사백 권을 꽂는다. 《주역집해(周易集解)》·《모시소(毛詩疏)》·《삼례원위(三禮源委)》를 포함

---

1 도주는 중국 고대의 월(越)나라 범여(范蠡)이고, 의돈(猗頓)은 노(魯)나라의 큰 부자로서, 모두 고대의 부호를 가리킨다.

2 황주성(黃周星, 1611~1680)을 말한다. 황주성은 적응하지 못하는 현실에서 남과 타협하기 싫어, 새로운 세계에 살고자 이상적인 삶의 공간으로 장취원(將就園)을 구상하고 〈장취원기(將就園記)〉를 지었다. 그는 명나라에서 진사(進士)에 급제하고 호부주사(戶部主事)를 지냈다. 명나라가 망한 후 호주(湖州)에 은거했다. 삼번(三藩)의 난이 평정되어 청(清)을 무너뜨릴 희망이 사라지자 물에 투신하여 자살했다. 이 글은 조선 후기의 지식인들에게 널리 읽혔다.

하여, 고서·명화·산경(山經)·지지(地志)에다가 역법서(曆法書)·의약서, 군사 조련법과 군수물자 조달법, 그리고 초목과 금수·어류의 계보와 농정수리(農政水利)의 학설, 기보(棋譜)·금보(琴譜) 따위에 이르기까지 빠진 것 없이 골고루 갖춘다. 책상 위에는 《논어》를 펼쳐놓고, 곁에는 화리목(花梨木)으로 만든 탁자를 놓아 도연명(陶淵明)·사령운(謝靈運)·두보(杜甫)·한유·소식·육유(陸游)의 시집, 그리고 《중주악부(中州樂府)》·《열조시집(列朝詩集)》 따위를 몇 질 올려놓는다. 책상 아래에는 오동(烏銅)으로 만든 향로를 놓아두고, 아침저녁으로 옥유향(玉蕤香) 한 판을 피운다.

뜰 앞에는 높이가 몇 자인 향장(響墻)을 하나 치고, 담 안에 갖가지 화분을 놓아둔다. 석류·치자·맨드라미 따위를 온갖 품종으로 갖추되 국화를 가장 많이 준비한다. 모름지기 마흔여덟 가지는 되어야 겨우 구색을 갖추었다고 할 수 있으리라. 뜰 오른편에 작은 연못을 파되, 사방 수십 걸음을 넘지 않을 정도로 한다. 연못에는 연꽃 몇십 포기를 심고 붕어를 기른다. 따로 대나무를 쪼개 홈통을 만들어 산의 물을 끌어다 연못에 대고, 넘치는 물은 담장 구멍을 통해 남새밭으로 흐르게 한다.

남새밭은 수면처럼 고르게 잘 갈아야 한다. 밭두둑을 네모반듯하게 구획해서 아욱·배추·파·마늘 따위를 심되, 종류를 구별하여 서로 섞이지 않게 한다. 고무래를 사용하여 씨를 뿌리되, 싹이 날 때 알록달록 비단 물결이 넘실대어야 남새밭이라 할 수 있다. 조금 떨어진 곳에는 오이도 심고 고구마도 심는다. 남새밭 둘레에 장미 수천 그루를 심어 울타리로 삼는다. 봄과 여름이 교차하는 때 남새밭을 둘러보러 나온 사람의 코를 짙은 향기가 찌를 것이다.

뜰의 왼편에 사립문을 세우고 흰 대나무를 엮어서 문짝을 만든다. 사립문 밖 산언덕을 따라 오십 걸음 남짓 가서 시내를 내려다보는 곳에 초가 한 칸을 세우고 대나무로 난간을 만든다. 집 주위는 온통 숲이 무성하고 대나무가 쭉쭉 뻗어, 가지가 처마로 들어와도 꺾지 않고 그대로 둔다.

시내를 따라 백여 걸음 걸어가서 기름진 논을 수십 마지기 마련한다. 늦은 봄마다 지팡이를 끌고 밭두둑에 나가 가지런히 파랗게 돋은 벼를 보면 푸른빛이 사람까지 물들여 속세의 기운이 한 점도 없을 것이다. 그러나 직접 일을 하지는 마라.

다시 시내를 따라 몇 걸음 더 가면 둘레가 오륙 리쯤 되는 큰 방죽을 만난다. 방죽 안은 온통 연꽃과 가시연으로 덮여 있다. 거룻배 한 척을 만들어, 달밤이면 시인 묵객들을 데리고 배를 띄운다. 퉁소를 불고 거문고를 타며 방죽을 따라 서너 바퀴 돌아 취해서 돌아온다.

방죽으로부터 몇 리를 가면 자그마한 절 한 채를 만난다. 절에는 이름난 승려가 있어 참선도 하고 설법도 하는데, 시도 좋아하고 술도 거리낌 없이 마셔 계율에 얽매이지 않는다. 때때로 그와 더불어 오가며 세상에 나갈 욕심을 내지 않는다. 이렇게 사는 것이 즐겁다.

집 뒤에는 소나무 몇 그루가 있어 용이 잡아당기고 범이 나꿔

채는 형상을 하고 있다. 소나무 아래에는 흰 두루미 한 쌍이 서 있다. 소나무가 서 있는 곳으로부터 동쪽으로 작은 남새밭 하나를 마련해 인삼·도라지·천궁·당귀 따위를 심는다.

소나무 북쪽으로는 작은 사립문이 있다. 이 문으로 들어가면 누에를 치는 세 칸짜리 잠실이 나오는데, 이곳에 잠박(蠶箔) 일곱 단을 얹는다. 늘 정오에 차를 마시고 나서는 잠실로 간다. 아내에게 송엽주(松葉酒)를 따르게 하여 몇 잔 마신 뒤, 양잠법이 적힌 책을 가지고 누에를 목욕시키고 실을 잣는 방법을 아내에게 가르쳐주며, 서로 바라보고 싱긋 웃는다.

조정에서 나를 부르는 글이 이르렀다는 소리가 문밖에서 들려오지만 빙그레 웃을 뿐 나아가지 않는다.

이것이 바로 저 이괘 구이의 길함이다.

묻혀 사는 이의 행복

강진에서 귀양살이할 때의 제자인 황상(黃裳)의 질문에 답한 글이다. 그는 다산의 제자 중 시인으로 명성이 높았다. 호는 치원처사(巵園處士)로, 대구면에 일속산방(一粟山房)을 짓고 살았고, 문집으로 《치원유고(巵園遺稿)》를 남겼다. 이 제자가 다산에게 유인(幽人)의 생활을 읊은 시를 지어 제언(題言)을 구한 모양이다. 다산이 유인의 삶을 묘사한 이괘 구이의 효사를 풀이하여, 이 세상에 진정 유인의 삶을 즐긴 사람이 있을까 하고 의문을 표하자, 제자가 어떻게 사는 것이 진정 유인의 낙을 즐기며 사는 것인지 구체적으로 설명해달라고 한 것이리라. 이에 다산이, 평소 그가 상상하고 있던 유인의 주거지를 소상하게 그려서 그에게 제시해주었다.

다산은 마음속에 그리던 이상적 생활공간을 설계해 제자에게 제시했는데, 다산의 원림 설계에는 독특한 개성이 엿보인다. 집자리를 잡고 꾸미는 데서부터 가구 배치 등에까지 조선 사대부의 정서가 듬뿍 배어 있다. 서가를 책으로 채우는 것이나, 뜰 앞에 향장(響墻, 기와로 쌓되 무늬를 놓고 동그랗게 구멍을 낸 담)을 세우고 각종 화훼를 심는 것이나, 남새밭과 대밭, 논을 경영하는 것이 그와 같은 특징을 보인다. 그리고 방죽의 뱃놀이와 승려와의 왕래, 아내와의 대화에는 관습적인 은사의 모습이 보이지 않는 것은 아니나 상당히 현실적인 느낌을 자아낸다. 강진에 소재한 다산초당과 황상이 조성한 일속산방은 이 글에서 묘사한 원림의 특징이 어느 만큼 표현되어 있다. 황상은 스승이 해준 설계안을 일속산방으로 구체화시킨 듯하다.

5

혜장 스님의 병풍에 쓴다

題藏上人屏風

바람은 원거(爰居)새처럼 피하고
비는 개미처럼 피하며
더위는 오(吳)나라 소처럼 피하여
내가 싫어하는 것과 맞닥뜨리지 않는다.

글을 사탕수수처럼 즐기고
거문고를 감람(橄欖)처럼 즐기며
시를 창포 김치처럼 즐겨서
모든 것을 내가 좋아하는 대로 즐긴다.

달이 밝으면 못이 맑고

달이 어두우면 못이 어둡다.
밝으면 내 그림자를 띄우고
어두우면 돌아가서 쉬노니
자연스러워 무엇과도 다투지 않는다.

밀물이 들어오면 물고기가 따라오고
썰물이 빠지면 물고기가 떠난다.
따라오면 낚시질하고
떠나면 뒤쫓지 않노니
이 또한 이렇게 즐기는 거리가 된다.

피리 불고 거문고 타며
시 읊고 그림 그린다.
방탕한 듯 방탕하지 않고
근엄한 듯 근엄하지 않으니
어찌 담박한 생활이 아니랴.

꽃 가꾸고 채소를 심으며
대나무 씻고 찻잎 볶는다.
한가하다 하나 한가하지 않고
바쁘다 하나 바쁘지 않으니
정녕 이야말로 청량한 세계다.

볕이 드는 창가 멋진 책상 위에

독루향(篤耨香, 명향 이름)을 피우고

소룡단(小龍團, 명차 이름)에 불을 붙여

진미공(陳眉公)의 《복수전서(福壽全書)》를 상쾌하게 읽는다.

눈이 살짝 내린 대숲 암자에서

오각건(烏角巾) 눌러쓰고

금사연(金絲烟, 최상품 담배)을 입에 물고

역도원(酈道元)의 《수경신주(水經新注)》를 설렁설렁 넘겨본다.

··········

유배지에서 노래한 산중 생활

다산은 강진에서 유배 생활을 할 때 승려들과 활발하게 교유했다. 혜장(惠藏, 1772~1811) 스님 역시 그들 가운데 한 분으로 호는 연파(蓮坡) 또는 아암(兒庵)이다.

혜장이 지닌 병풍에 다산이 글을 써주었다. 병풍은 여덟 폭이었던 듯 여덟 개의 구로 되어 있고, 두 개의 구가 짝을 이루어 한 연이 되고 있다. 병풍에 쓴 글에 어울리게 짧막하면서도 산중 생활의 멋을 담아 쓰고 있다.

싫어하는 것과는 부딪히지 않고 좋아하는 일만 하고, 자연스럽게 살면서도 즐거움을 만끽하며, 담박한 생활과 청량한 세계를 마음껏 누리고, 조촐하고 한가롭게 차를 마시고 담배를 피우며 하루하루를 살아간다. 부와 권력, 명예가 있는 화려한 인생과는 거리가 먼 생애지만 여유롭고 즐거우며 맑고 자연스럽다. 전원에 사는 삶의 멋진 생활이란 바로 이런 것이 아닐까? 다산은 생의 후반에 많은 사람에게 주는 글에서 이런 삶을 즐겨 묘사했다.

··········

6

장천용

張天慵傳

장천용(張天慵)은 해서(海西) 사람이다. 본래의 이름은 천용(天用)인데, 관찰사 이의준(李義駿) 공이 도내를 순찰하다 곡산(谷山)에 이르렀을 때 그와 어울리고서는 용(用) 자를 바꿔 천용(天慵)이라 불렀다. 그 이후로는 천용이란 이름을 썼다.

내가 곡산부사로 부임한 다음 해에 연못을 파고 정자를 세웠다. 어느 날 달밤에 고요히 앉아 있을 때 통소 소리를 듣고 싶은 생각이 간절했다. 혼잣말을 하며 홀로 탄식하고 있을 때 어떤 자가 앞으로 나서더니, "이 고을에 장생(張生)이란 자가 있는데 통소를 잘 불고 거문고를 잘 탄답니다. 다만 그자가 관아에 들어오기를 좋아하지 않사오니, 이제 급히 이졸(吏卒)을 풀어 그 집에 들이닥쳐 잡아오면 될 것입니다."라고 했다. 나는 이렇게 분부했다.

"아니다. 그 사람이 정녕 고집이 세다면 잡아서 데려올 수야 있겠지만 잡아다 통소를 불도록 해서야 되겠느냐? 너는 가서 내 뜻을 전하되, 내켜하지 않거든 강요하진 마라!"

조금 후, 데리러 갔던 자가 돌아왔고 그 뒤를 따라 장생이 문을 들어섰다. 그런데 문에 들어선 꼴을 보니, 망건은 벗겨지고 맨발에다 옷은 걸쳤으나 띠도 매지 않았다. 고주망태였으나 눈빛은 번득였다. 손에 통소를 쥐었지만 불 생각은 하지 않고 소주만 찾았다. 서너 잔을 주었더니 더욱 취해서 인사불성이 되었다. 좌우에서 부축하여 데리고 나가 바깥채에 재우게 했다.

다음 날 다시 그를 불렀다. 연못가 정자에 이른 그에게 술을 한 잔 권했다. 그러자 천용은 옷매무새를 가다듬고는 "제 장기는 통소가 아니고 그림입니다."라고 말했다. 그래서 비단을 가져오라 하여 그림을 그리게 했더니, 산수·신선·승려·괴조(怪鳥)·늙은 등나무·고목을 비롯해 수십 폭을 그렸다. 수묵화 솜씨가 뛰어나 서툰 흔적이 보이지 않았다. 그림이 다 힘이 있고 괴상하여 보통 사람의 의표를 벗어났다. 사물의 형상을 묘사하는 솜씨는 터럭 하나까지 섬세하고 교묘하게 그려 그 신태(神態)까지 표현했으므로 사람으로 하여금 그칠 줄 모르고 놀라움과 탄성을 자아내게 만들었다.

이윽고 천용은 붓을 내던지고 술을 찾았다. 또 크게 취해, 부축하여 데려가게 했다. 다음 날 또 불렀으나, 벌써 어깨에는 거문고를 메고 허리에는 통소를 차고서 동쪽 금강산으로 들어간 뒤였다.

이듬해 봄 중국에서 사신이 왔다. 그 일행 가운데 일찍이 천용에게 은덕을 입은 사람이 끼어 있었다. 평산부(平山府)의 관아를 보수하는 일을 맡게 되자, 그는 천용에게 단청 칠하는 일을 부탁했다. 그때 천용과 함께 일하던 사람이 부친상을 입었는데, 상주가 짚은 지팡이가 특별한 소리를 내는 기이한 대나무임을 천용은 알아차렸다. 그날 밤, 천용은 그 지팡이를 훔쳐서 구멍을 뚫어 퉁소를 만들어서 태백산성(太白山城) 중봉(中峰) 꼭대기에 올라가 밤새도록 불고는 돌아왔다. 일을 함께하는 사람이 화가 나서 몹시 꾸짖자 천용은 떠나버렸다.

　그로부터 여러 달 뒤에 나는 해임되어 돌아왔다. 다시 몇 달 뒤에 천용은 특별히 가람산수(岢嵐山水)를 그려 보내고는 "올해에는 영동으로 이사해 살 것"이라는 말도 함께 전했다.

　천용에게는 아내가 있었는데 몹시 못생겼다. 일찍부터 중풍을 앓아서 길쌈을 하지 못했고, 바느질도 하지 못했으며, 밥을 짓지도 못했고, 자녀를 낳지도 못했다. 게다가 성질이 못돼서 늘 자리에 누운 채 천용을 헐뜯었다. 하지만 천용은 아내를 알뜰히 보살펴 게을리하는 법이 없었다. 이웃 사람들이 모두 신기하게 여겼다.

다양한 일화로 드러낸 개인의 진실

장천용이라는 특이한 예술가의 삶을 묘사한 글이다. 1797년 다산이 서학을 믿는다는 비난을 받아 곡산부사로 좌천되었을 때 임지에서 만난 기인을 해임되어 돌아온 뒤에 전기로 썼다. 이 기이한 인물에 깊은 인상을 받아 다산은 곡산에서 〈천용자의 노래(天慵子歌)〉라는 장편 고시를 쓴 일이 있다.

첫 대목에 천용(天用)이란 이름을 천용(天慵)이라 바꾼 사연부터 소개하여, 그가 이 세상에서 제대로 쓰이지 못한다는 사실과 세사에 무관심하다는 사실을 드러내려 했다.

전체가 네 가지 일화로 구성되어 있다. 첫 번째는 작자가 어느 날 달밤에 그를 불러들이는 장면이다. 술에 취해 부사 앞에서도 인사불성이 되어 안하무인의 행동을 하는 모습과 붓을 휘둘러 그림을 그리고는 또 술에 취해 쓰러지는 모습, 그리고 작자가 다시 그를 불렀을 때 벌써 금강산으로 떠난 대목이다. 두 번째는 친구의 지팡이를 훔쳐 퉁소를 만들어 산꼭대기에서 연주하는 모습이다. 세 번째는 해임되어 돌아온 작자에게 그림을 그려 보내고 영동으로 이사하려 한다고 전갈하는 대목이다. 마지막 대목은 반신불수의 고약한 아내를 알뜰히 보살피는 모습이다.

일화를 통해서, 현실의 규범과 구속을 벗어난 예술가의 파격과 자유를 드러냈고, 동시에 광기의 이면에 숨겨져 있는 진실한 인간미를 표현했다.

문장의 품격

조선의 문장가에게 배우는 치밀하고 섬세하게 일상을 쓰는 법

안대회 지음

1판 1쇄 발행일 2016년 5월 23일
1판 3쇄 발행일 2016년 7월 11일

발행인 | 김학원
경영인 | 이상용
편집주간 | 위원석 황서현
기획 | 문성환 박상경 임은선 최윤영 조은화 전두현 최인영 이혜인 이보람
디자인 | 김태형 유주현 최우영 구현석 박인규
마케팅 | 이한주 김창규 이정인 함근아
저자·독자서비스 | 조다영 윤경희 이현주(humanist@humanistbooks.com)
스캔·출력 | 이희수 com.
용지 | 화인페이퍼
인쇄 | 청아문화사
제본 | 정성문화사

발행처 | (주)휴머니스트 출판그룹
출판등록 | 제313-2007-000007호(2007년 1월 5일)
주소 | (03991) 서울시 마포구 동교로23길 76(연남동)
전화 | 02-335-4422 팩스 | 02-334-3427
홈페이지 | www.humanistbooks.com

ⓒ 안대회, 2016

ISBN 978-89-5862-332-8 03810

* 이 도서의 국립중앙도서관 출판예정도서목록(CIP)은 서지정보유통지원시스템 홈페이지(http://seoji.nl.go.kr)와 국가자료공동목록시스템(http://www.nl.go.kr/kolisnet)에서 이용하실 수 있습니다.(CIP제어번호: CIP2016011418)

만든 사람들

편집주간 | 황서현
기획 | 정다이 박상경 전두현(jdh2001@humanistbooks.com)
편집 | 임미영
디자인 | 김태형
사진 | 셔터스톡 이영란